刘　墉　给　孩　子　的　成　长　书

LIKAI FUMU DE SHIHOU

离开父母的时候

刘　墉／著

接力出版社
Publishing House

桂图登字：20-2014-074
原出版者：台湾水云斋文化事业有限公司

图书在版编目（CIP）数据

离开父母的时候 / （美）刘墉著. —南宁：接力出版社，2014.6
（刘墉给孩子的成长书）
ISBN 978-7-5448-3410-0

Ⅰ.①离… Ⅱ.①刘… Ⅲ.①散文集-美国-现代 Ⅳ.①I712.65

中国版本图书馆CIP数据核字（2014）第078497号

责任编辑：袁怡黄　美术编辑：林奕薇
责任校对：王　静　责任监印：刘　冬　版权联络：金贤玲
社长：黄　俭　总编辑：白　冰
出版发行：接力出版社　社址：广西南宁市园湖南路9号　邮编：530022
电话：010-65546561（发行部）　传真：010-65545210（发行部）
http: //www.jielibj.com　E-mail: jieli@jielibook.com
经销：新华书店　印制：唐山嘉德印刷有限公司
开本：880毫米×1250毫米　1/32　印张：4.5　字数：85千字
版次：2014年6月第1版　印次：2022年5月第12次印刷
印数：83 001—87 000册　定价：19.80元

目　录

自 序

突然发现距离我一九七三年出版处女作《萤窗小语》已经四十年了！

这么长的岁月，是什么力量驱使我不断写作?

我想应该是爱。

早年因为儿子离家去曼哈顿的史蒂文森高中，不放心，我开始写《超越自己》《创造自己》《肯定自己》；因为女儿渐渐长大，关心她的学习，我写了《做个快乐读书人》《少爷小姐要争气》；因为儿子进入社会，怕他不懂得处世之道，我开始写“我不是教你诈”系列。最近又由于女儿大学毕业，独自一人去欧亚旅行，怕她路上吃亏，我写了《人生百忌》。说来好笑，我甚至会因为两只飞来的野雁，而写出《啊啊》；因为抓到一只螳螂，养它，观察它，爱它，而写出《杀手正传》。

细想，那真正驱使我写作的，可不都是关怀、挂念与疼爱吗？我总因为儿女的触动产生灵感，又因为写出许多人的心声而引起他们的共鸣，再因为读者的期望而不敢懈怠。正因此，最近许多朋友问我，现在我有了孙子孙女，是不是又要为他们写几本书？

这可真问对了！或许有些读者在我的微博已经发现，我早在写一本教孩子认字的书。还有一样，则是新编的这一系列励志散文。

现在的孩子太不简单了！以前认为高中生才能懂的东西，不知是否因为网络时代智慧开得早，如今的小学生已经可以接受。最近还有位小学老师，要全班学生读我的书，再写信给我，居然个个说得头头是道，令人惊讶。正因此，我决定把过去为青少年写的各类文章，加以筛选，成为一系列适合小朋友阅读的东西，让大家的孩子，也让我的孙子孙女，能早早读到我的作品。

谢谢接力出版社，提供给我不少选文的建议，告诉我今天家长和孩子的需求，也谢谢许多热心父母的支持：“我们要对孩子说的，就拜托你帮忙说了吧！”

希望这套书能对小读者们有些帮助，也盼这套书能像阶梯引导，为我招来新一代的“小粉丝”。

第一篇　写给女儿：人生路，小心走

“无常”是“变化不定”，好比树不会永远绿，花不会永远开，人不会永远年轻。这世界不断变化，每个人有一天都会离开。

人生路　小心走

你很可能听见重重的一声撞击，接着有个躺在地上鲜血直冒的摩托车骑士和已经滑出去十几米被车门撞坏的摩托车。

当然，还可能有个被车子撞伤的你。

你明天就要去参加为期三天的毕业旅行了，接着又要去七个礼拜的音乐营，今天晚上我在晚餐时，特别叮嘱你在外面要一切小心，尤其注意过马路。

你一笑，说你这么大了，还不会过马路嘛。

我则实话实说地告诉你："因为咱们家在学校附近，每天又由你妈妈开车接送，你太缺乏过马路的经验，只怕你大表弟过的桥都比你走的路多。"

你妈妈又笑着补了一句："只怕她小学二年级的小表弟也比她走的路多。"

◎

孩子，你是不小了，已经可以合法地一个人留在家里，也能去帮人家看小孩了。但你必须知道，你在外面的经验还是太少，每次出远门都是跟着爸爸妈妈，所以你绝对不能自以为很棒。尤其重要的是，你得知道出门就不等于在家，出远门就不等于在自己的小镇上。

《礼记》上有句话：“入境而问禁，入国而问俗。”意思是你初到一个地方，必须先问那里有什么禁忌，进入别国时，一定要问问当地的习俗。

你没听不久前来过咱们家的郭伯母说嘛，当她在阿拉伯国家的时候，外出都得罩上黑袍，各国外交人员的女眷都这样，到了宴会的地方，再脱下黑袍，露出里面时髦的装扮。

为什么她必须那样做？因为那是当地的规矩，就算她是外交人员的太太也得遵守，否则就可能有麻烦。

你哥哥也说过，在曼哈顿开车就不等于在我们的小镇上开车。在我们镇上，如果看到绿灯变黄灯，要立刻刹车。可是在曼哈顿，如果后面跟了一辆大货车，就算黄灯都快变红灯了，也得冲过去。

为什么冒这个险？

因为不冒这个险，后面就有更大的危险。那后面的大货车，想着你的小车会冲过去，他也能“抢”过去，所以看到黄灯，非但不减速，还猛踩油门。没想到你这时候紧急刹车，他来不及，就算反应快，由于车子大，也已经刹不住。

你想想，如果是你开车，看到黄灯刹车，有错吗？当然没错！可是在不同的环境之下，就可能成为不可弥补的错误。

◎

我初来美国的时候也有这样的感触，发觉两边停满车子的巷弄里，如果小孩子像在中国一样，在中间跑来跑去，很可能被来往的车子撞上，所以总叮嘱你哥哥小心。

这是因为中国的驾驶人已经习惯了，他们在巷弄里特别谨慎，美国的驾驶人则没那种危机意识。

同样的道理，你以后注意，我们从中国初来美国的朋友开车，就算开在“干道上”，一定也会在每个小巷口放慢速度，防止有突然冲出来的车子。

可是当他在美国待久了，就再也不会减速。本来嘛！干道车先行，巷口都有“STOP”的红牌警示，小巷里的车子一定要先“完全停止”，看清楚两边没有车，再出来。

这时候如果有个刚到美国的驾驶人，在他原来的国家不习惯遵守“STOP”的警示，一下子冲出来，是不是就跟疾驶而至的干道车撞上了？而且撞得一定不轻。

◎

在这儿不能不沉痛地告诉你，我在二十五年前，刚来美国的时候，就听说一个由中国来的画家朋友在佛罗里达的公路上出车祸，夫妻双亡。

接着我原来服务的公司的摄影记者，在纽约长岛被车撞死。

又过没多久，曾经跟我一起采访的一位“中视”驻美记者也在加利福尼亚州出车祸，他临死前不断用英语喊着“Help me！Help me！”那在异乡用异国语言求救的悲惨画面，至今还总在我的脑海浮现。

后来我常想，为什么有那么多中国刚来美国的朋友出车祸？难道他们走路特别不小心吗，还是开车技术太差？

经过许多年，我才想通，就是今天晚餐时告诉你的——因为换了地方，换了交通习惯与伦理，他们不习惯。

◎

或许你要问，那么你该怎样做呢？

好！我简单地说——

你要严格遵守交通标志，当一边路灯由绿变红的时候，你千万别以为另一边就必定由红变绿往前走，因为那里可能有左转右转的标志，另一边正有车子抓紧时间转弯或直行。

所以你一定得看清楚，自己要去的那个路口的标志确实显示可以走了，再等两秒钟，才起步。

其次，你穿越大马路要保持一定的速度，千万别突然变慢、变快。这来自我一个惊心的经验——

当我还在台北念大学的时候，有一天正穿越马路，抬头突然看见要搭的公交车来了，就快步向前跑，才跑了半步，就见一辆摩托车，十分惊险地从我身边斜斜擦过去，那骑士还不断回头看我，一边看一边骂，好像骂我为什么突然快跑，害他差点撞死我。

他骂得一点没错，因为在交通繁忙的地方，开汽车和骑摩托车的人常算着行人走路的速度，在车阵里穿梭。他原先算你还不会走到，正加速往前冲，你却突然向前跑，就很可能撞上。

◎

还有一点，就是上下车，你绝不能像在我们小镇上坐学校巴士一样，突然从车上跳下来或由车边跑出去。

因为在我们小镇上，学校巴士一停，连对面车道的车都得停下来等着，否则就要被罚一百多块美金。可是只要到纽约市，交通规则就不一样了。

你更要知道，当别人开车、你下车时，一定得要求开车的人把车子尽量靠在路边，别在离路边还有一段距离的地方停下。虽然在我们小镇上，那样做多半不会出问题，但是如果有一天你到曼哈顿，可能才开门，便撞上后面疾驶而至的摩托车。假使你到中国台湾，就更危险了，你很可能听见重重的一声撞击，接着有个躺在地上鲜血直冒的摩托车骑士和已经滑出去十几米被车门撞坏的摩托车。

当然，还可能有个被车子撞伤的你。

◎

对不起！只为了你将出远门，我就说了这么多，希望不会把你吓到。

但是我也要强调，希望你能永远记住我的这席话，它可能让你受用一辈子。

院子里的万灵丹

我们活在这个世界，就要尽量观察这个世界，欣赏它的美、认识它的奇妙。你认识得愈多，生活愈充实。

今天我到巷口等你放学，陪你走回家的路上，伸手从树丛里摘下一片叶子，揉一揉，要你闻。你先躲，好像怕有虫。

“是香的。”我说。

你细细闻了一下，才笑起来，说：“真是香的耶！”又问，“是什么树叶啊？”

“是黄樟树。”我指给你看，“种子掉下来，每年都会自己长出好多，必须常常清理。”说着又摘下几片叶子交给你，“你回去查查看，这树有用极了。”

◎

才进门，我就交给你一本奥杜邦学会（Audubon Society）

出版的《北美树木手册》（ *Field Guide to North American Trees* ），你一愣，问我怎么会有这种书。

“因为我刚来美国的时候，发现好多街道都用植物命名，觉得非认得那些树不可，所以早就买了这本书。”说着，我叫你把那片黄樟树的叶子放在桌上，跟书里的图片作比对。

你先是不太愿意，说功课忙，没空，但是在我的坚持下还是查了。

“是 Sassafras 耶！”你指着图片说，又翻到文字解说的部分，接着叫了起来，“原来黄樟的树皮和根可以提炼香精，做香水、肥皂，还能做茶，早期欧洲移民大量运去欧洲，认为可以做万灵丹呢！”

“看吧！多棒！”我说，“咱们家院子里有这么多万灵丹，以后你再看到地上冒出新的小树苗，就不会以为它是野草了。”

◎

傍晚，外面下雨，我又撑着伞出去摘了三种不同的树叶回来，妈妈直骂爸爸为什么下雨天跑出去，她不知道这正是开花的时节，下雨天花叶又垂得特别低，我只要一跳就能摘到。

我把那三种带花的叶子放在桌上，叫你过来查，又帮你翻英汉字典，知道了它们的英文名字——

带着长长流苏花的是甜桦树（Sweet Birch）。

有着圆圆扁扁小种子的是榆树（Elm）。

开着成串香香白花的是槐树（Locust)。

“桦树的树汁可以做糖，还能酿造桦树啤酒呢！”你说，“我们可以照书上说的，划开树皮来收集糖浆。”你又叫起来，“现在我知道为什么松鼠会把榆树叶子咬得满地都是了，原来榆树的嫩枝子又香又甜，还能做咳嗽药。还有槐树，早期移民用它来盖房子，印第安人拿来做弓。”

我则告诉你，槐花可以用来欣赏、闻香，还能拿来炒蛋。中国大连市的路灯，一串一串的，就叫“槐花灯”。又说榆树那种扁扁的种子，看起来好像圆圆的铜钱，所以中国的文学作品里有“春风十万散榆钱”这样的句子，意思是春风把成千上万像钱一样的榆树种子吹得漫天飞舞。

“咱们车道上、阳台上，不是堆了好多绿绿的东西吗？你不细看不知道，那些都是榆钱啊！”我指给你看。

◎

孩子，我知道学期要结束了，有好多报告要交，但是现在正开花，也正是鉴别树木最好的时候，所以我坚持要你今天就查。

而且你会发现，过去你走过院子，只是看到许多树，现在却能见到许多你认识的树，你能叫得出它们的名字、说得出它们的用处，甚至形容得出它们的味道，这就好像过去你只见到一批陌生人，现在却能认识他们，知道他们的名字、特征、特长，那些原来与你无关的陌生人，一下子全成为你的朋友。

孩子，我们活在这个世界，就要尽量观察这个世界，欣赏它的美、认识它的奇妙。你认识得愈多，生活愈充实。你甚至会发现在认识一棵树的前一天和后一天，看到它的感觉都不一样。好比过去擦身而过的陌生邻居，从你认识他的那一天开始，就可以彼此打招呼了。这才是快乐的学习，也才是活的知识啊！

◎

说个小秘密，我也是前几天，看由中国带来的《神奇的多用途植物图鉴》，才发现我小时候院子里种的朱槿（扶桑花），除了可以欣赏那朱红的花朵、吸它甜甜的花汁，那花的根茎叶还可以做药，不但能消炎解毒、通便止血，还能治高血压、口腔炎、尿道炎、肠炎和妇科疾病呢！

所以我下次回中国，只要碰到朱槿，一定要跟那花打个招呼，对“她”说：

“真对不起，认识你五十年，画了你四十年，也跟你做了几十年的邻居，我却到今天才知道你这么伟大！”

认识自然，是我们每个人都要“活到老，学到老”的功课啊！

救护车抬走了爸爸

“无常”是“变化不定”，好比树不会永远绿，花不会永远开，人不会永远年轻。这世界不断变化，每个人有一天都会离开。

对不起！把你吓到了。

昨天下午，我们去参加社区华人为孩子举行的游园会，在一场赛跑之后，爸爸突然觉得头晕，四肢发冷，嘴唇发麻，赶快拉着你妈妈躲到大树后面，坐下来，原本以为过一会儿就会好，没想到眼前的东西愈变愈亮，然后渐渐发黑，看不见了。

但是爸爸的神志很清醒，爸爸一直想：是忍着等情况好转，还是立刻上医院？

最后，爸爸决定去医院，因为爸爸就是在你这个年岁死了父亲，爸爸不能冒险，让你也在九岁没了父亲。

◎

妈妈一通知大家，场面就乱了，有人拿冰毛巾来，说一定是中暑；有人伸手过来揉眉心，说是休克；有人说该躺下；又有人讲还是坐直了好。

救护车和警察很快就来了，为爸爸戴上氧气面罩，抬上担架，呜啦呜啦地把爸爸送去了医院。

匆忙中，妈妈把奶奶和你托给了邻居，听说当你知道爸爸要留在医院的时候，你立刻哭了。

◎

这已经是不到一年来，你第二次见到救护车把爸爸带走。我知道对你来说，这将是永远无法忘掉的事。但爸爸本来身体就不怎么好，又年近半百，生病是难免的。

想想，爸爸在你这个年纪，已经披麻戴孝，跪在你爷爷的灵前，而爷爷死前的一年，爸爸总是一个人在家守着，不是更可怜吗？

我在医院也听说，才死了一个四十二岁的男人，他也是两个孩子的爸爸，前几天还打高尔夫球呢，却突然心脏病发作，一句话都没交代，就死了。

这就叫作“人生的无常”。“无常”是“变化不定”，好比树不会永远绿，花不会永远开，人不会永远年轻。这世界不断变化，每个人有一天都会离开。

这道理其实你早有体会。你最疼爱的 Pinky 白兔，不是突然死了，由哥哥帮你把它埋在后院吗？你的宠物螳螂 Patty，虽然比外面螳螂多活了好几个月，但还是死了，现在不是放在我们的玻璃柜里吗？

有一天，奶奶、外公、外婆、爸爸、妈妈，都会离开这个世界。到那时你大了，你老了，你的孩子又大了，你也会告别这可爱的人生。

◎

亲人死、自己死，都是令人伤心的事。

但我们不得不死，因为我们会老、会弱、会病，怎么都救不了的时候，只好把这个"太不好用"的身体扔掉，到天上，等着上帝发给我们一个新的身体。然后，我们就会到另外一个世界，重新过一生。

而在这个世界，我们也没消失，因为我有了你，你有了你的孩子，你的孩子又生了她的小孩……

就这样，我们的爱，像我们的名字、我们的故事一样，被传递下去。

你读的格林、安徒生童话故事，你背的王维、李白的诗，不都很有意思吗？

但是格林、安徒生、王维、李白，都死了。他们有的已经死了一千多年，却还让我们记得，因为他们留下了作品。他们的孩子的孩子的孩子……也一定活到了今天。说不定我们的血液里，也有李白和王维的一部分呢！

◎

爸爸可能说得太深了。

爸爸只是想告诉你，即使有一天爸爸妈妈死了，你也不要太伤心，因为当我们在一起的时候，都过得很快乐，那快乐的记忆会永远留在我们的心底，甚至带着那美好的记忆，到另一个世界。

爸爸在医院住了一天，做了好多好多检查。才睡一下，就被叫起来，吃药、抽血，好可怜哪！爸爸躺在病床上一直想，我亲爱的小女儿睡得好不好？希望你别带着眼泪上床，希望你没有做噩梦。

不管怎么样，爸爸好好地回来了。你一下子冲过来，抱着爸爸，没看到爸爸正偷偷把眼泪掉在你的头发上。

医生说，爸爸没事，大概因为那天中午只吃了一个粽子，又帮着办活动，太忙了。于是爸爸高兴地掉下眼泪，知道我又可以陪你打球、玩耍，看你长大。

◎

多巧啊！家里的电话录音坏了，大概因为太多人留言问爸爸的病情，把机器烧坏了。

是大家的友情、热情，烧坏了我们家的电话。据你妈妈说，昨天在公园，大家四处找电话，叫救护车，都急死了。

可见，邻居、朋友，对我们有多好。

爸爸的这场病，让我们看到了许多。有许多感动、感激！也让我们知道：

一家人能健健康康地在一起，每过一天，都该感恩。

你那双可爱的小手

当我们开水龙头时，手上的细菌会沾到水龙头上，洗完手去关水龙头，就又把原来的细菌带回手上。

你还记得吗？

有一次我们全家去餐馆吃饭，爸爸先去上厕所，接着你要去，爸爸特别对你说：

“他们洗手池的旁边就有擦手纸，你洗完可以先拿一张纸擦干手，并且抓着那张纸，把水龙头关掉，再抓着那张纸把门打开。出门之后，右边就有一个垃圾桶，你可以把用过的纸丢在里面。”

当时你哥哥瞪大了眼睛说：“天哪！老爸从什么时候开始，居然有了洁癖！”

哥哥看不惯我这样教你，是有原因的。因为当他像你这么大的时候，爸爸用了完全不同的一套教育方式。

有一次，爸爸要他帮忙拔草，他伸出两根手指，一副连泥土都不敢碰的样子。爸爸一气，就用水和了一摊稀泥，又命令他把手伸到稀泥里。

爸爸也在大太阳天带着他去跑步，要他接受“男子汉的养成训练”。

那时候，咱们家附近有个湖，一棵柳树斜斜地伸向湖里，爸爸总是先小心地沿着树干往湖那头走去，然后要你哥哥跟过来。他小，害怕，不敢走，爸爸就骂他。

◎

但是今天爸爸改了，也不全因为你是女生，或爸爸比较老，而是因为环境不一样，观念也不同了。

爸爸虽然还是带着你种菜，可是在挖土的时候，爸爸会要你戴上手套。因为近几年美国流行莱姆病（一种以蜱为媒介的螺旋体感染性疾病）。带莱姆菌的鹿虱（虱子的一种，为美国莱姆病的主要传播者）常藏在泥土里，它钻进人体之后，会潜伏很久，造成许多问题，又不容易治疗。

爸爸当然更不会带你在大太阳下跑，因为现在地球的臭氧层被破坏，除非搽防晒油，在烈日下待不久就会受到灼伤，而且以后很可能患上皮肤癌。

还有，爸爸也考虑到你是女孩子，皮肤的保养特别重要，现在科学研究发现最能造成皮肤老化的就是紫外线。

爸爸要你青春永驻，所以从小就得教你注意。

◎

至于爬树、走独木桥这些冒险的事，因为你是女生，爸爸不会要你做。但爸爸跟以前教你哥哥一样，带着你打球，而且在你打不好的时候，会喊："烂！"

爸爸这样做，是因为发现你太要强，平常又太受到大家夸赞，有输不起的情况。所以，爸爸必须要你学着输，并且在输的时候，还能稳得住，想办法"反败为胜"。

◎

你或许要问，那么我何必每次盯着你洗手？我应该让你有机会接受不同的细菌，免得将来碰到脏的环境就生病才对呀。

不错！这是一种观念，也就是中国人所说的"不干不净，吃了没病"。

爸爸小时候，常看见孩子跌倒时，大人从地上抓一些土，往孩子的身上抹，甚至塞进孩子的嘴里，说这样能"收惊"。

也有人在出远门旅行的时候，带瓶故乡的泥土。到异乡一生病，就吃点"故乡土"，说能治疗"水土不服"。

现在人已经很少做这种傻事了，但是仍然有许多人认为多接触各种细菌是对的，连爸爸前几年都这样想。

直到后来爸爸读到一篇医学报告，里面统计了在脏环境和干净环境生活者的寿命，才知道：

一个人总是接触各种病源，固然可能比较适应，但是身体的免疫机能也会被破坏。这就好比许多人去印度旅行，都生病，甚至瘦了十几磅回来，印度本地的人却并不那么容易生病。

只是印度人远不如美国人长寿。

甚至在美国本土，那些生活在较脏乱地区的人，也远不如干净地区的人长寿。

爸爸希望你健康长寿，当然要你有好的卫生习惯。

◎

今天，爸爸说了这么多，是因为我们在卫星新闻里，看见台湾“卫生部门”的职员教小朋友洗手。那位女士不但教小朋友怎么搓搓手心，搓搓手背，交叉搓搓手指，还要大家在关水龙头之前，先淋些水，把水龙头上的细菌洗掉，这不是跟爸爸教的道理一样嘛——当我们开水龙头时，手上的细菌会沾到水龙头上，洗完手去关水龙头，就又把原来的细菌带回手上。

至于厕所的门把手，就更脏了。想想！有多少人上完厕所不洗手？又有多少人洗完手，湿着手去拉门？那门把手被千百个人摸来摸去，不是最容易滋生细菌吗？

亲爱的小女儿！你是女生，要比男生更注意清洁。因为以后你会比丈夫更多接触自己的小孩，你可能帮他们准备食物，也可能要一勺勺地喂他们吃。

你会希望他们生活在最卫生的环境，长得健健康康，就像爸爸希望你能健康长寿一样。

所以，从现在开始，你就应该养成良好的卫生习惯。

无怨无悔的爱

那个舍不得花几美元买一瓶夏威夷豆给自己的妇人，居然要花几十美元裱她的画，而且要再花一百多美元拿去配框；到最后，却是为了挂在她女儿的家中。

今晚，当我在包画的时候，你走过来问我："那是谁的作品？要寄回中国裱？好几张似乎为同一个人画的！"

我没有多答，只"嗯"了一声，因为我当时心里正不高兴，甚至可以说一边包一边在生闷气，至于生气的原因，则要从学校的课堂说起。

有一天我在教国画课时，偶然提到"Magdamia"那种好吃的夏威夷豆，学生们都啧啧地赞美，唯有一个叫玛格丽特的女学生淡淡地说："听说那种豆子很好吃，可是太贵了，所以我没吃过！"

◎

Magdamia，那蓝罐的豆子，不是我们家里常备的零食吗？它虽然贵，也不过几美元一瓶，甚至在台北，走过忠孝东路的食品店，我都看见成堆地摆在橱窗里，想必也已经很普遍；可是这个学生将近六十岁，居然没吃过，甚至连一颗也不曾品尝，岂不令人惊讶？

但是，你知道吗，今天桌上的三张画，就都是玛格丽特要裱的，那个舍不得花几美元买一瓶夏威夷豆给自己的妇人，居然要花几十美元裱她的画，而且要再花一百多美元拿去配框；到最后，却是为了挂在她女儿的家中。

“既然送画给你女儿，为什么不让她自己裱，哪里有奉送到底的道理？女儿最少也得自己配框子，表示一点诚意呀！”我当时对玛格丽特说。

“你要知道那是女儿啊！如果我不为她裱好装好，只怕她搁几年也不会挂起来。”

◎

这三张画放在我手上两个多星期，我都没寄，一方面因为忙，一方面因为每当我看到它，就会为那个毕生奉献给子女，到今天还省吃俭用，对孩子继续付出的母亲感到不平。

如同你说的“多么令人沮丧的认知！”(What a sad realization!）她使我惊讶地认知：子女对父母，往往远不如父母对子女付出的多。

觉得父母的付出是当然，而不心存感激，是许多年轻人都有的毛病，这主要是因为在他们成长的过程中，父母始终无条件地付出着。

“我饿了！”妈妈当然应该做好饭。“我累了！”父母自然领我去睡觉。“我衣服脏了！”妈妈当然要为我洗。“我有舞会，一直到深夜才能回家！”父母当然该为我守门、操心，甚至接送。

直到已经成人，“妈妈送我画”，当然也该为我裱装好。

问题是：照顾子女，固然是父母的责任，但在这同时，子女是不是也应该表示感激与体谅呢？

◎

你或许要说，子女心里是爱父母的，也都有着感激，只是他们多半放在心里，没有表现在外。问题是，这样的有与无，有什么不同？表面说爱母亲的画，却在拿到之后束之高阁；嘴上说爱父母，却不爱惜自己的身体；表面叫父亲别太辛苦地赚钱，私底下一点也不节省；口口声声要母亲保重，接着却要妈妈做这做那。这就好比站在岸上高喊“有人溺水，救人哪”，自己却吝于伸出援手，甚至落井下石一般。

◎

记得小时候，有一位幼年丧母的同学找我出去玩，当他看到你祖母追到门口，递给我一件毛衣时，曾感慨了好半天。我当时心想，那有什么稀奇，本来妈妈就该叮嘱孩子多穿衣服嘛！岂知那是因为我一向“有”，所以不知有的可贵，他因为没有，所以羡慕。

古人曾感怀地说：“树欲静而风不止，子欲养而亲不待。”其实若不是父母早逝，孩子怎可能没有侍养双亲的机会？对父母的侍养，何必非等自己成家立业之后？幼年时代的孝顺，何尝不是侍养？

可惜子女往往只有自己当上父母，辛苦地付出之后，才感觉做父母的不易，想回头报答，却因为自己的子女还需要照顾，而行无余力。等到孩子长大，自己有了力量，父母却已年迈辞世了。

◎

如此说来，孝养双亲最好的机会，不是反而在少年时吗？

我们常说父母对子女的爱，是无怨无悔，不怨自己付出大部分的生命，不悔自己生育许多子女。然而，子女对父母何尝不能有“无怨无悔的爱”，不要在未来怨自己少年时无知，不要在以后悔恨没有早早报答父母的恩情！

再过几天就是母亲节了！让我偷偷告诉你：妈妈送孩子一张裱好的大画，能给予子女的感动，恐怕远不及孩子一张小卡片，所带给母亲的温馨！

有爸爸多好

只要有爸爸妈妈活着，不论过得多苦的小孩，都是幸福的。这世上每个父母健在的孩子，都该谢谢老天！

今天早上你到客厅一定觉得很奇怪——沙发不见了。原来挂在火炉上的油画，换成爷爷的照片，架子上的摆设也移到了地面，换成两瓶菊花和百合。

中午，爸爸妈妈叫哥哥和你穿整齐，一起到爷爷的照片前面行礼祭拜。

因为今天是你爷爷逝世四十周年。

◎

爸爸和妈妈先跪下来，由爸爸对着爷爷的照片说话。

爸爸停了半天，没说，你大概觉得很奇怪。然后爸爸开口了，只是那声音因为哽咽，你很可能听不清楚。那么让爸爸告诉你，我说了什么。

我告诉你爷爷——奶奶身体健康，九十一岁了；妈妈非常贤惠孝顺；哥哥很快要拿哈佛的博士了；你又那么聪明漂亮，希望这一切能安慰爷爷的在天之灵。

爸爸又说，“四十年了……”只是说到这儿，就泪如雨下，再也说不下去了。

◎

爷爷已经过世四十年了，他死的时候爸爸才像你这么大。

但是四十年来，爸爸总想到他，尤其你诞生之后，更勾起好多爸爸的回忆。

当爸爸为你用两只碗，把热汤倒来倒去，好让汤早一点凉，喂你喝的时候，爸爸想起这是爷爷用的方法。

当爸爸为你表演削苹果皮，试着削成一长条，一点也不断的时候，想到这是爷爷为爸爸表演过的。

当爸爸把你搂在怀里看书，又把腿伸直了，让你溜滑梯、骑大马的时候，爸爸想到那正是爷爷做的。

当你在车上睡着，爸爸把你抱下车的时候，爸爸就想起以前睡得迷迷糊糊，梦见自己在飞，睁开眼，看到爷爷的下巴，他正气喘吁吁地把我抱下三轮车的往事。

让爷爷抱在怀里的感觉好暖；让爷爷扛着，从高处看的感觉好高；睡在爷爷旁边，让爷爷扇着扇子睡着的感觉好凉快……

每一件爸爸为你做的小事，都让我想起你死去的爷爷。

所以，今天爸爸说到“四十年了”就止不住地落泪。

爸爸哭，因为爷爷死得太早，不能跟我们一起过好日子；也因为爸爸想起爷爷对爸爸的“好”以及爷爷死后爸爸可怜的遭遇。

有爸爸多好！

如果爷爷不那么早死，爸爸的家说不定不会失火，即使失火之后也能重建，不致被赶到火车轨道旁边的违章建筑区。

如果居住环境不那么脏，说不定爸爸也不会得气喘和肺病。

◎

有爸爸多好！

你知道，爸爸每次抱你、宠你的时候，都会羡慕你有个健康的爸爸吗？

爸爸像你这个年岁的时候，已经披麻戴孝，手里拿着一根“哭丧棒”，一家家去报丧了。

到每个叔叔伯伯的家里，爸爸就跪下，哭着对他们说：“我爸爸死了！”

所以爸爸非常注意身体，几乎谢绝一切应酬的饭局，爸爸也按时运动、做健康检查。爸爸有个心愿——我要好好活着，别让我的孩子早早没了爸爸，别让我的太太早早没了丈夫。

◎

祭完爷爷，下午我们一家出去看了迪斯尼的卡通片《花木兰》。

片子一开头就看见花木兰的爸爸对着死去的父亲母亲爷爷奶奶，还有更早的爷爷的爷爷和奶奶的奶奶的灵位祈祷。

爸爸觉得这个戏很有意义，尤其对哥哥和你，让你们知道中国人对祖先的尊敬与崇拜。

我们中国人不但对自己、对这个时代负责任，而且要对死去的亲人负责。所以每次爸爸去爷爷坟上扫墓，都会像花木兰的爸爸一样，对着爷爷的墓，报告家里的一切，包括你得了各种奖。如果爷爷地下有知，他一定会为你鼓掌的。

所以有一天，爸爸和妈妈死了，希望你也能把自己的一切和你孩子的表现告诉我们。

无论这世界上有没有灵魂，也不论死者是不是真能听到，我们中国人总在心里有一根长长的线，牵着上一代与下一代，我们总祈祷死去的亲人保佑他的儿孙。

◎

晚上，你先去睡了。

爸爸和妈妈在客厅，爸爸不好意思地问妈妈：

“今天我忍不住，在孩子面前哭了。女儿有没有觉得好奇怪？看我下跪磕头，她有没有问为什么？”

你妈妈摇摇头说没有。只说你非常了解爸爸为什么哭，因为你说："爸爸死了，会多伤心哪！当然会哭啊！"

可不是嘛，只要有爸爸妈妈活着，不论过得多苦的小孩，都是幸福的。这世上每个父母健在的孩子，都该谢谢老天！

"谢谢老天！让我在母亲节和父亲节，都能戴上红花。谢谢老天！让我的爸爸妈妈都健健康康地活着……"

孩子不要哭

我们靠什么面对自己的死？靠的就是从小到大，到老，经历那许多死亡所得到的历练，使我们看开了、看淡了，觉得“人都有一死”，大家都会走上这条路。

今天傍晚，爸爸带你去医院看奶奶。

奶奶因为突然心脏衰竭而住进加护病房，她的嘴上套着氧气罩，仰着头，用力地呼吸。我们可以听见她呼吸时好像有痰，那是因为肺里积水。

这积水更呈现在奶奶的四肢，爸爸拉着她的手，那手已经浮肿。所幸床边吊的尿袋里显示有不少排尿，可能纾缓些浮肿的现象。

接着爸爸摸摸奶奶的脸，又抚一抚她的白发，奶奶的眼睛好像眨了一下，嘴里发出呜呜的声音，爸爸对着她的耳朵喊“小帆来看你了”，并要你凑近奶奶的脸前。

只是，奶奶还在昏迷中，她自从中风就半身不遂，不能说话、行动，现在更没有办法把眼睛睁大看你了。

看奶奶没反应，爸爸又摸摸她的白发，在她的额头上亲了一下。

这时候，你突然哭了，眼泪一下子爬满你的脸。爸爸赶紧拿纸给你，小声对你说：“别哭！别哭！奶奶看你哭，她也会伤心的。”

你却抽搐得更厉害了。

◎

才几天前，爸爸和妈妈去看奶奶时，奶奶还会跟爸爸玩抓手、拍手的游戏。爸爸喂她吃冰激凌，她不但吃了好几口，而且没有从嘴角流出来，妈妈还说她进步了，说不定可以不再用胃管了。

谁想到，前天夜里病情急转直下，医生说九十多岁的老人，整个身体机能都在逐渐“关闭”。

“看到奶奶突然病得这么厉害，爸爸很伤心，可是爸爸忍着，不哭。”

下电梯的时候，爸爸一边为你擦眼泪，一边劝你，“伤心，要藏在心里，这是一种礼貌。如果你哭得厉害，让别人见到，不知所措，说不定也陪着哭，在西方社会是失礼的。所以杰奎琳在肯尼迪的丧礼上没有流泪，会获得许多媒体的赞赏，赞赏她自制的功夫。”

◎

因为找不到停车位，妈妈在车里等，我们一上车，妈妈看见你红肿的眼睛，就问：

“你哭啦？”

你先没答，隔了半天，突然说你本来不会哭，但是看见奶奶的手好肿，觉得奶奶好可怜，就哭了。

晚上，妈妈问爸爸，不知道今天你去医院，会不会有心理的伤害。学校有心理咨询师，每个丧亲的小孩都会被找去，给予安慰和治疗。

爸爸则对妈妈说，让你去医院是很对的，相信那一幕必定会留在你心里一辈子。这是很好的人生教育，告诉你人生是快乐与艰辛的，它可以很重，也很轻。

◎

爸爸这么说，你或许不懂，但是等你长大，就会了解了。

我们的一生，都在不断地相聚与别离。我们离开父母、离开家，有了朋友，找到爱我们的人，组织了自己的家庭。这时候，祖父母可能已经分别离开世界，再过许多年，父母也渐渐凋零。

看到祖父母的死，会使你受一次震撼，感受到死别的痛苦。这个打击正可以使你更坚强，坚强得能够承受父母有一天逝去的打击。

当你把这些都经历了，再过二三十年，可能就轮到你自己的死了。

自己的死，不是更可怕、更伤心吗？

我们靠什么面对自己的死？靠的就是从小到大，到老，经历那许多死亡所得到的历练，使我们看开了、看淡了，觉得“人都有一死”，大家都会走上这条路。

如此说来，你今天不是正在上“人生的一课”吗？所以，爸爸觉得带你去看奶奶最后一面，是对的。

◎

晚上，爸爸辗转难眠，想到今天在病床边的你，是看到爸爸亲奶奶的时候，突然哭出来。

爸爸想，你的哭可能不只是因为觉得奶奶可怜，而是在爸爸给奶奶的那一吻当中，勾起许多联想。

你会不会是想起爸爸每天晚上亲亲你，你又亲亲爸爸呢？

孩子！没错，有一天你可能也到爸爸床前亲亲爸爸，而那时爸爸已经不能再回亲你。

那天，爸爸会比你先睡，睡得很熟很熟，睡成大地的一部分。

如果那一天到了，你要记住爸爸今天的话——

“孩子！不要哭！孩子！不要哭！你哭，爸爸也会伤心的。”

注：慈母已于二〇〇〇年二月十八日病逝于纽约，享年九十三岁。

你是战痘一族吗?

爸爸笑你开始成为“战痘一族”，爸爸也从你脸上，想到自己的少年时。

“你要变成战痘一族了！”晚餐桌上，爸爸对你一笑。

你抬起头：“什么是‘战痘一族’？”

“就是跟青春痘长期抗战的人。”

“我没长青春痘。”你摸摸鼻子上的小痘子，不服气地说，“这是包，不是青春痘！我以前就长过。”

“没错！是包，但是长了又长，愈长愈多的就是青春痘。”

◎

爸爸这么说，绝对没错。

青春痘本来就是毛囊脂肪腺发炎的包，爸爸会长、妈妈也会长。但是爸爸妈妈现在年岁大了，脂肪腺没那么发达，偶尔长一个才叫“包”。

你知道吗？有时候妈妈看爸爸在挤“包”，还笑着说：“这么老，还长青春痘，真年轻，真让人不服气。”

妈妈还羡慕爸爸呢！

◎

所以长青春痘是好事，代表你青春了。

青春的孩子，皮下脂肪变得更丰厚，也因此皮肤更丰腴、更耐寒、更不容易生皱纹，受了伤也更容易痊愈。

青春痘，就好像你人生的车子要远行了，老天爷特别为你加满油、打上蜡，使你更有活力，跑得更远，也显得更漂亮。

只是老天爷有时候加油加得太多了，打蜡又打得太厚了，不但你不需要，还造成你的困难——厚厚的一层蜡，把空气里的灰尘都粘住了，反而看起来特别脏。

可不是嘛，你瞧！高年级的同学好多人不是脸上一块红、一块白的吗？那红的可能是正发炎的青春痘，那白的又可能是他搽药或扑粉掩饰的痕迹。

◎

爸爸十几岁的时候，脸上就常又红又白。尤其晚上洗完脸，皮肤血管扩张，每个痘子都好像要跳出来似的，怎么看怎么不顺眼。爸爸就站在镜子前面挤痘子，把里面的粉刺全挤出来。

粉刺出来，痘子就更肿了。爸爸只好搽药、消炎。有时候脸上东一块西一块涂满了药膏，你奶奶半夜看见，吓一跳，差点不认识自己儿子了。

第二天起床，上学之前，爸爸还要站在镜子前面再处理一遍，把前一天没挤好造成发炎的痘子挤掉，再搽点药，才出门。

你信不信，爸爸好几次就因为挤痘子花太多时间，而上学迟到？

这不能怪爸爸。哪个十几岁的大孩子不爱漂亮呢？只是这“战痘”实在不容易，常常愈要漂亮，愈不漂亮。

最不漂亮的是当你挤痘子，不成功，却弄伤表皮的情况。

这时候，因为表皮已经肿了，毛孔张不开，你怎么挤，里面的粉刺都出不来。而且因为挤伤了，它开始在里面发炎，肿得高高的。

更糟糕的是鼻头上长痘子，肿成一个大大的红鼻头，活像马戏班里的小丑。

碰到这种情况，就再也不能挤了。你得看医生，吃消炎药，从里面治起。严重的时候，甚至得动手术，把发炎的毛囊切开、清理干净。至于比较轻微的，则可以在外面搽消炎的药物，等它慢慢消肿，露出毛孔，那油脂自然排出。

◎

对！即使你不挤，那粉刺也会自己出来。

爸爸发觉挤痘子与不挤痘子的效果差不多，甚至可以说，不挤可能还好些。

这件事，在爸爸服兵役的时候得到证明。

那两个月，训练得昏天黑地。洗战斗澡，不过三分钟，连照镜子的时间都没有，哪还有时间挤痘子？

妙的是，爸爸那段时间不但没长什么痘子，即使有，也自己消失，没发过炎。

后来爸爸常想，除了不挤痘子，比较不容易造成感染，军队里生活规律，从不熬夜，也是原因。

相反的，进军队之前，通宵写文章，或准备考试之后，脸上常出一堆痘子。

可见长痘子，跟情绪和睡眠也有很大的关系。

◎

晚餐之后，爸爸把你叫到灯前，就着灯光，看了看你鼻头和脸上那两颗青春痘。

说实话，你的痘子，真是小 case，以爸爸的“手艺”，一下子就能为你挤掉。

可是爸爸没那么做，只是回房，拿出一管 A 酸（即维生素 A，为治疗皮肤病的药物），要你晚上搽一点。

因为爸爸知道，硬挤是没什么好处的，挤坏了还可能因为脸部毛孔太接近头部，把细菌带到了脑子。还不如你好好注意生活规律、皮肤卫生，常洗脸，保持毛孔通畅，同时在毛孔阻塞时，用 A 酸把角质层软化来得好。

◎

晚上，爸爸亲你道晚安的时候，你叫着“小心！我搽了药”。

果然，我看见你脸上两点白白的药膏。

爸爸笑了，你猜！爸爸笑什么？

爸爸笑你开始成为“战痘一族”，爸爸也从你脸上，想到自己的少年时。

爸爸想，你是不是又要考试了，紧张了。

还有，你十二岁，就要青春了。

然后，你的痘子会一一消去，你就将成为一个好美好美的大小姐了！

那个丑老头

十几个钟头，喷气式客机就能绕地球半圈，也把“这半球”的病毒带到“那半球”。

“你知道格林斯潘是谁吗？”

今天吃晚饭时，我问你。

“不知道，我只知道小飞侠是彼得·潘。”你说。

“喏！你看！他就是格林斯潘，美国联邦储备理事会主席，被选为‘对世界影响最大的人’之一。”我指指电视。

你转头瞄了一眼：

“他好老、好丑，我不喜欢他。”

“管你喜不喜欢，你却不能不知道他，”我说，“因为他只要宣布利息调升或调降，就会影响到我们。”

“为什么？”你又瞄了电视一眼，里面正在讨论联储会宣布降息的可能性。

◎

晚餐时没空说，好！现在爸爸就讲给你听，为什么那个“丑老头”会影响全世界。

爸爸先问你，如果你想向银行借钱买房子，你是希望每个月付给银行比较多的利息，还是愈少愈好？

当然是愈少愈好！

那么如果明天银行的利息变低了，原来你每个月要还银行一百块，现在只要还八十块了，你是不是可能把握机会买房子？

结果你买了房子，要装修，去找小吴叔叔来装修，付给小吴叔叔钱。

他有了钱，手头宽裕，就给他儿子比较多的零花钱，他的儿子拿钱到书店买爸爸写的书，书卖多了，爸爸的收入是不是也会增加？

爸爸有钱，会怎么样？

爸爸可能带一家人去欧洲旅行，住在当地的旅馆里。那旅馆原来生意不怎么好，突然之间，像我们这样去旅游的人多了，旅馆老板是不是也变得比较有钱？

老板赚得多，给他太太的也多，太太拿去买衣服。那衣服是中国进口的，做衣服的中国工厂是不是会比较赚钱？买衣服的人愈多，工厂开得愈大，请的人也愈多，是不是失业的人愈少？

失业的人少，大家是不是会比较快乐？

现在你回头想想，不是只因为美国调降了利息，就好像打弹珠，一个撞一个，影响了半个世界呢？

◎

孩子！你现在已经进入初中了，也应该开始关心外面的世界了。

小时候，你只要作为家里的一分子；然后，你要成为班上的一分子、学校的一分子；再下去，你就要作为社会的一分子、国家的一分子，甚至世界的一分子。

这个世界愈来愈小了，你现在可以一上网就跟地球另一边的人交谈，看那里发生的事。以前隔一个山头就能换一种口音；隔一条河，这边的传染病就可能传不到河的那一边。

但是，你看看，现在的口蹄疫、疯牛病，是不是一下子就影响了全世界？

十几个钟头，喷气式客机就能绕地球半圈，也把“这半球”的病毒带到“那半球”。

金钱和战争的影响就更不用说了。波斯湾才打仗，咱们家冬天暖气烧油的钱就增加好多；亚洲金融风暴，我们在中国的朋友就一个个叫苦连天。

你说，你能不关心这世界每个角落发生的事吗？

◎

在中国台湾，有位政界的名人说他是“手中无股票，心中有股价”。意思是他虽然没有买股票，但总注意市场的变化，知道股价的涨跌。

他为什么要知道股价？

因为股价反映了经济状况、社会状况；股价影响了投资，也影响了每个人的生活。

我觉得他的话讲得好极了。同样的道理，你今天虽然还小，在银行里没有存款，利率的涨跌跟你好像没什么关系，但是你仍然应该关心整个社会的变化。因为你知道自己是社会的一分子，也知道那变化与你息息相关。

◎

孩子！记得哥哥小时候，他学校的老师曾经出了一个题目考班上的学生——

如果加拿大森林失火，非洲码头大罢工，对你会有什么影响？

有人问老师为何考这样的题目。

老师回答：“因为我们希望孩子能从小就关心世界，做个世界人。”

爸爸今天也要问你：“如果明天那个格林斯潘老头宣布加息，对亚洲会有什么影响？”

爸爸也希望你能关心世界，做个世界人。

当大家脸色不好的时候

他们对你不好，不是因为你不好，而是因为他们自己有问题。

今天晚上我们看了一部哈里森·福特早期的电影《意外的人生》(*Regarding Henry*)。哈里森在片子里饰演一个纽约的名律师，他的思维细密、词锋犀利，能够在陪审团前侃侃而谈，把明明会输的官司都打赢。

他不但在法庭上凶悍，连对十二岁的女儿都不放松，他把孩子送进严格的住宿学校，挑剔孩子的一举一动，连孩子打翻一杯果汁，都要被他当作罪犯来审问，而且在训完话之后，得意地说：

“看！我赢了！”

◎

但是，片子里哈里森的运气不好。有一天晚上，他去买烟，遇上抢匪，被打了两枪。一枪打在前额，造成他左边瘫痪，另一枪更严重，因为打中腋下的大血管，造成大出血，脑缺氧……

在医院醒来，他什么都不记得了。不能说话、不能行动，甚至连妻女都不认识。

他得一切从头开始，学话、学步、学识字、学认人。他真是“重新做人”，连个性都改了，成为一个“新人”。当他重新能够阅读，看到自己以前的档案时，他惊住了：“为什么我以前把重要的证物藏起来，昧着良心，打赢官司？”

他居然偷偷把证物送给“苦主”，使苦主能够平反。

然后，他辞去了过去热爱的律师工作。

◎

看完电影，爸爸问你：“这电影里你印象最深刻的是什么？”

“是那律师生病回家之后，女儿打翻了果汁，他不但不生气，还说：‘那有什么关系？每个人都会犯错。’接着开玩笑地把他自己的杯子也推倒。”你说。

“对！爸爸也觉得那最有意思。”

“他好奇怪！生病之后全变了，”你又歪着头说，“要是以前，他一定会把女儿骂死。”

“是啊！”爸爸一笑，“所以有时候你觉得爸爸妈妈脾气大，要想想，说不定那只是一时的情绪。所幸爸爸和妈妈的脾气多半的时候都很好，对不对？”

“对！”

◎

爸爸和妈妈的情绪确实多半都很好，但是爸爸必须承认每个人都有情绪高潮与低潮的时候，那是无法避免的，可能像影片中的哈里森·福特，因为工作压力太大，而脾气不好，也可能因为身体太累而情绪不佳。

记不记得上上礼拜，我们一家去花圃买花，回程爸爸问妈妈要不要换哥哥开车，妈妈说不必了。然后爸爸对哥哥说：“你妈不舒服，换你开。”

哥哥不信，问妈妈是不是不舒服，妈妈摇头说没有。

可是当爸爸坚持，要妈妈在路边停车，换你哥哥开之后，你妈妈终于承认她的头好疼。

记不记得哥哥当时好不高兴地问妈妈原来为什么不说？又很奇怪地问爸爸：“你怎么知道妈妈不舒服？”

“因为她在花圃的脾气有点急，”爸爸说，“所以我急着往回赶。”

◎

还有，前几天，郑医生请客，吃到最后一道鱼，爸爸说鱼太好了，要你无论如何吃一点，然后给你夹的时候，妈妈阻止地说“她吃饱了，就别勉强”吗？

爸爸那时候就知道妈妈一定胃痛，因为她的脾气急了。

果然，才回家，妈妈就抱着肚子，躺在床上。

◎

不但妈妈是这样，爸爸也常有情绪不佳的时候。

记得妈妈有一次给你哥哥打电话，对他说：“你爸爸最近总提到你，他一对你放心不下，我就知道他的老毛病又犯了。”

你说，奇怪不奇怪？当爸爸操心哥哥的时候，你妈妈反而回头来操心爸爸。

问题是，她说得一点没错，爸爸确实在身体不好和情绪低潮的时候，特别会操心你哥哥。

◎

爸爸说这些，是要你知道，每个人都有他背后的情绪。当你关心一个人的时候，不但不能对他失常的行为不高兴，反而要帮他想：“他是不是身体不舒服了，他是不是遭遇了什么事？他今天对我这么不好，是不是因为他考试考坏了？他今天这么凶，是不是因为在家里挨了骂？”

当你这么想的时候，你就非但不会怪他，还会去同情他、安慰他了。

这比你去怪罪他、责难他，使他雪上加霜，不是好太多了吗？

◎

孩子！人是很奇怪的动物——耳朵不好的人，常对你说话特别大声；眼睛不好的人，常怪你的字写得太小；堵车的人常脾气急；饥饿的人常火气大；健忘的老人常多疑；疲困的小孩常爱哭。

他们对你不好，不是因为你不好，而是因为他们自己有问题。

所以每当父母的脾气急、公公的脸色坏、婆婆的声音大、老师的情绪低、同学的礼貌差的时候，都想想爸爸今天对你说的。

你一定就能像个小太阳，从那些乌云的背后，露出你的笑脸了！

马桶与电视

你能不能学学那中国的小孩，也帮我将频道“归原位”？

许多年前，我看过一个笑话——

有个丈夫回家，才进门，就问老婆：“今天哪个男人来过了？”

老婆一愣，说：“没有啊！”

“有！”丈夫很肯定地讲。

老婆又想了想，总算想起来：“噢！对了！水电工来过了，因为瓦斯炉打不着。”接着问丈夫，“你怎么知道有男人来过？”

“我当然知道，”丈夫说，“我看到马桶坐垫被掀了起来，他一定上了我们的厕所。”

◎

我那时候觉得很好笑，想西方男人真是有礼貌，不像一些东方的大男人，上厕所不管女人，把小便就滴在马桶坐垫上。

但是你知道，有一天，当我跟个美国朋友讲这个笑话时，她怎么说吗？

她笑笑：“这个工人不是有教养，而是没教养。他上完人家厕所，怎能不把坐垫放回去？”

◎

昨天我在电视上看到一则新闻，再一次谈到这“教养”。

一个小女孩半夜上厕所，没开灯，又睡得迷迷糊糊，没想到她爸爸先上过厕所，忘记把坐垫放回去，一屁股坐下去，居然半个人坐进了马桶，偏偏手一撑，又碰到抽水的按钮。那马桶是真空吸引式的，力量大极了，啪的一声，小女孩的屁股居然被吸住，起不来了，疼得又哭又叫。

最后还是消防队赶去，才把小女孩的屁股“拔”出来。

电视台记者也赶到了，只见那小女孩的妈妈对着镜头骂她丈夫：“太没教养了！上完厕所居然不把坐垫放回去。”

她的丈夫也一直红着脸向女儿道歉，说自己太粗心、没礼貌。

◎

你听我这么说，大概没什么大感觉。因为你受的教育就是要把马桶垫放回去。老师甚至会教你们，如果有客人来，一定得把马桶盖子盖好，否则就是不礼貌。

可是对我来说，那新闻却很刺激。

为什么？

因为我上厕所也只知道把坐垫掀起来，而不知道在用完之后放回去。

如果你是那小女孩，搞不好也会一屁股坐进马桶。

所以我昨天看完新闻之后，决定“痛改前非”，以后一定要为家里的女生着想，记得把坐垫“归原位”。

◎

谈到“归原位”，我又要跟你讲个归原位的事。

年初，我在中国，去个朋友家，那家的孩子正在看电视卡通。

卡通播完，那孩子关上电视离开客厅，但又跟着跑回来，把电视重新打开，用遥控器换台，然后关上。

我当时以为她想看又不敢看，就笑说：“你看哪！为什么开了又关了呢？不会打扰到我的。”

你知道那才初中一年级的小女生怎么说吗？

她说因为她爸爸妈妈都看同一个台，所以先要“归原位”，使大人等下一开电视，就是那个台，而不必重新选台。

◎

我当时惊讶极了。发现在那个许多大男人上厕所连坐垫都不掀起来的社会，却有小孩能那么为别人着想，那孩子表现了连西方世界上流社会的孩子都不见得有的教养。

我由那件小事，对那家人，甚至对中国的教育刮目相看。

好！说了这么多，现在我要问你，你是不是每次晚餐后就去把我看的中文台换成你的卡通台，看完之后就关机离开呢?

你能不能学学那中国的小孩，也帮我将频道“归原位”?

当然，如果有一天，你看电视的机会比我和你妈妈多，而且固定频道的时候，我也会在看完中文台之后，把频道调回你看的地方。

第二篇　写给儿子：爱你，不是害你

为了你的未来，为了你的安全，我们不能再一直把谷子送到你的嘴边，除非我们永远把你像鸟一样关在笼里。你当然不希望被关，你当然想飞！那么，请你学习飞翔、学习觅食、学习工作、学习受苦的日子！

防人之心

他被海关人员以携带毒品走私的罪名逮捕了。他大声对着还在另一个关口接受检查的朋友喊，那人却说不认识他。

一个学生去逛百货公司，临出门，突然有个女人，匆匆忙忙地跑来对她说："我的肚子痛，必须上厕所，可是我跟我先生约好，他就在门口的一辆白色的车子上等我，能不能麻烦您，告诉我先生一声！"说完并塞了两包东西给她，"这也麻烦您交给他！"

学生才走出门，就被百货公司的人抓住了。她抱着两包没有付钱的贵重商品，吓得呆呆地站在那儿，因为人赃俱获而百口莫辩。至于那先前说肚子痛的妇人和所谓的白车，则消失了踪影。

◎

某人单独旅行，在飞机上遇到一位投缘的乘客，两个人一起下飞机，提取行李，在过海关之前，那新认识的朋友说：“我的行李真是太多了，能不能麻烦您帮我带一小件？”单独旅行的人，心想自己的东西反正不多，就一手接了过来。

跟着，他被海关人员以携带毒品走私的罪名逮捕了。

他大声对着还在另一个关口接受检查的朋友喊，那人却说不认识他。

他被架出了海关大厅，悲愤的呼喊声仍然从长廊尽头传入，大厅里的人都摇头，说：“罪有应得的贩毒者，过去不知道已经带进多少毒品了！”

那飞机上认识的朋友也叹气：“好险哪，我差点被栽了赃！”

◎

你今天对我说，一个许久未见的初中同学，知道你在曼哈顿读书，于是托你顺路带一包东西给下城的朋友，使我想到应该说以上的故事给你听。我并非教你不要帮助人，而是希望你慎重。尤其是许久未见的朋友，虽然以前有很好的交情，由于并不了解他近来的生活，那早期建立的信任，也就应该重新评估。

再过二十年，你会发现，许多学校里的挚友，在久别重逢时，你或许仍然维持着以前的热情，对方却冷淡了。不是他没有了情，而是由于在社会上的种种遭遇，会麻木一个人的感觉，也可能改变他的价值观。相反，如果你自己遭遇重大的打击或步入歧途，也可能改变看这个世界的方法。

◎

“害人之心不可有，防人之心不可无。”在这个人性光辉泯灭与人生价值混乱的社会，你尤其应该慎重。记得有一次我参加“中华航空公司”在纽约的一个酒会，由于当晚正好有客机直飞台北，便赶到机场，将一包录影带交给“华航”的朋友，托他们转回“中视”。

那位朋友对我说：“咱们是老朋友了，这又是‘华航’的新闻，但是为了慎重，我必须打开检查一下。”

日后我经常想起这件事，我不是对那位航空公司朋友的做法感到不高兴，而是觉得自己理当主动打开包装，让对方检查，而不应该等对方提出。如果他碍于情面未讲，岂不是要在心中嘀咕很久吗？

往后的日子，你必定有许多旅游的机会，别人可能托你带东西，你也可能请朋友传递，希望你以上面的几个真实故事作参考，保护自己，也减少朋友的困扰。

刘◇轩◇的◇话

这是个可悲的事实

我老爸写这篇文章，其实有个更早的源头。在初中时，我和好友肯尼有次在回家的路上，碰到一位被锁在自己家门外的老头。肯尼站在我肩膀上，从二楼窗户爬进去帮他开门。这件事害我被父母狠狠骂了一顿："万一他是小偷怎么办？你们岂不是成了他的帮手？"

当时我有点不高兴。学校教我们要"日行一善"，怎么反而受到如此责备。但现在，我不得不认同父母的看法，因为时代大不同了。以前在万圣节，美国儿童都会打扮成小鬼，一家一家要糖果，但后来新闻上报道出有人因此而中毒之后，这种习俗就几乎消失了。

光是过去这几天，我就接到起码两通诈骗集团的电话。这个社会好像愈来愈复杂。多可悲啊！纽约人本来就算很小心了，"9 · 11"之后更是如此。当恐怖分子都可以在已怀孕的女友行李里面偷藏炸弹（这是真事），还有谁能够被相信？"防人之心不可无"已成为我们在二十一世纪生存的基本原则。

上礼拜我去台中，在一家餐厅前有人说他车子发动不起来，请我帮忙。我回答：“对不起，我无法帮你。但我有手机，可以帮你叫拖车。”

也许我太谨慎了，但就如美国人现在常说的：“You can never be too careful these days.”（这些日子再谨慎也不为过。）

至今想起初中的那件事，我还是相信那位老头，也觉得我和肯尼做了件好事，虽然我们当时的确太过天真。要是有一天我自己的小孩也碰到类似的状况，我八成不会骂他，但一定会叫他看看他爷爷当年给我写的这篇文章，并摸着他的头叹息：“孩子，现在的社会比你想象中复杂！”

保护根本

他们希望你写最深入的作品，却可能整天整夜地干扰你；他们希望球员的精神饱满、场场报捷，却可能请球员饮酒通宵……

我有一位学术界的朋友，以写政论闻名，成为各大报社约稿的对象，他却对我发牢骚说："我真不了解那些约稿的人，他们白天不停地打电话，晚上又不断地请我吃饭喝酒，偏偏在喝得已经东倒西歪的时候向我约稿，不但要时事评论性的文章，而且急如星火，隔日就得交稿。他们也不想想，前一晚喝得酩酊大醉，如何有清醒的头脑写稿；整天应酬、接电话，又如何有时间查资料？所以我装了电话录音，有空再回电话。晚上应酬多半谢绝，因为今天我不赴约，只要稿子写得好，改天还有的约。相反，今天我去了，写作的水准降低，连着几次，就再也没人请了！”

听来像是个笑话，但是那最后两句话，却有极深的道理。你会发现人们常常很矛盾。他们希望你写最深入的作品，却可能整天整夜地干扰你；他们希望球员的精神饱满、场场报捷，却可能请球员饮酒通宵，三更半夜才让他们休息；他们希望老人长寿，却可能在寿宴上灌酒，并强迫老人吃过量的食物。他们一方面要表现自己尽了奉承之力，使受者盛情难却，背负着情感的包袱；另一方面，却又因为对你有了狂热的招待，而跟着有了狂热的要求。

至于你失败了，他们则可能弃你而去。

所以他们心中的哲理可能是：

你成功，所以我们奉承你。由于我们如此奉承，所以你应该成功；如果你失败，则有负于我们的招待。

◎

不知你听完这段话，会有什么感想？你觉得人们太现实，还是维系成功不易？

其实这世界本来如此，譬如看戏时，掌声会引来更多的掌声，嘘声也可能勾起更多的嘘声。不论我们怎么说“锦上添花，不如雪中送炭”，那添花的毕竟要比送炭的多。

所以，当你被奉承的时候，千万注意你为什么被奉承，而且应该知道，如果失去了那被奉承的东西，你也可能失去已获得的一切。

◎

由于你在学校担任指导数学的工作，那些被指导的同学，为了表达谢意，纷纷请你看电影；你觉得别人的盛情难却，而一一赴约，使我不得不讲以上的这段故事给你听。

请不要觉得我太现实，否定了人们超现实的一面与友情的价值，但我也必须强调，在任何情况下，你都要保护自己的根本，如同那位写时事评论的人所说：“今天我不赴约，只要稿子写得好，改天还有的约。相反，今天我去了，写作的水准降低，连着几次，就再也没人请了！”

这种道理，不仅今天值得你深思，而且可能受用一辈子！

刘◇轩◇的◇话

应酬与人情

这篇文章写得很真实，但我直到现在才能体会，尤其对于“应酬”与“人情”这部分。

人们会拥护成功者，大都是对他们有相对的期望。我也不断警惕自己：如果有人把我奉为VIP，我就必须更努力去赢得自己的地位。

人际社会，难免应酬，工作上必须花时间与客户维持良好关系，使日后有更多的合作机会，于是在工作与应酬间造成矛盾。我老爸习惯“隐居”的生活，就算他不去找人，自然有人找他。但我刚入社会，碰到这种社交的场合，就算没空也得去。所以我觉得这篇所讲的，真是说来容易，做来难。

无心的错误

一位留美学生，在飞机上跟空姐开了个小玩笑，却引来近百名警察，最后被铐上警车，并面临十五年的徒刑……

有一个年轻的留美学生，在从佛罗里达到纽约的飞机上，笑嘻嘻地递给空中小姐一张纸条，写着："我身上有炸弹，我要劫机。"

空中小姐笑了笑，把纸条还给那个留学生，便离开了。几分钟之后又转回来说："把你刚才那纸条再给我看看！"并取走了纸条。

当飞机降落时，地面已经有近百位荷枪实弹的警察，把飞机层层包围。虽然那留学生大喊："我只是开个小玩笑，当我递纸条时，四周的人都朝着我笑，知道只是闹着玩，他们可以做证！"但是他怎么说都没用。

他被押上警车送审，并面临十五年的徒刑。

◎

我刚从台北回到纽约，你的母亲就告诉我这个报上才登过的新闻，并在说完之后，十分感慨地说：“这个年轻人多可怜哪！我相信如果坐在飞机上的是我们的儿子，他的朋友又怂恿他开这个玩笑，他也可能会做的！”

对！这是最令人心惊的一句话，也是她讲述那个新闻给我听的原因。

我们都知道年轻人常犯无心之错，只是那错误又可能造成难以弥补的伤害。

问题是，什么是无心呢？醉酒驾车肇事的人是有心杀人吗？偶尔试一次毒品，作为体验生活方法的人是有心犯罪吗？考试时受不住朋友请求而传个纸条的是恶意犯规吗？

但是这些都没有坏动机的行为，却可能犯下杀人、吸毒、考试作弊的罪，它们有重有轻，但同样在生命中留下污点。

◎

至于今天我为什么要跟你说这一大篇，相信你早就心里有数。因为我在后院整理园子时，发现地上插了许多冲天炮的细竹条，才知道你居然趁父母不在的时候，请你的朋友肯尼来放炮。

你明知在纽约放炮是违法的，也知道这种处处朽叶、天干物燥的冬天容易失火，却答应朋友用我们邻接树林的院子作掩护。可曾想想如果引起火灾，不论是烧了自己、别人或是后面的森林，我们所要承受的损失与法律责任会有多大！

◎

你必然记得几年前，你经过一户人家，两个人正试着开门锁，你过去看，他们对你说不知是不是锁坏了，打不开。而你居然热心地帮着他们开。

你也必然记得有一回肯尼带着具有杀伤力的弓箭，拉你去小公园练习，造成邻人报警，一下子赶来三辆警车的事。

前两天，我居然看到你的朋友把几乎乱真的玩具枪留在我们的树丛里，又发现家里的花盆被他们当靶子，打得像蜂巢一般。

而对所有的事情，你给我的解释都是："他们没有恶意，我也无心！"

现在你应当知道，那无心却可能有恶果。如果开锁的人是贼，你就是共犯；若是肯尼的弓箭和朋友的气枪伤了人，你也脱不开关系。今天你还小，如果当你长大之后，还不能慎交朋友，又不懂得审度自己的行为，只怕那无心，就会惹下天大的麻烦。

◎

最后，让我告诉你一个十年前的往事：

就在我来美之前，突然接到以前一个学生的电话，我清楚地记得他惊慌的声音，说一个朋友欠他钱不还，他明知对方是有钱想赖，所以找朋友帮忙，把欠钱的人抓住，逼他家里还钱。他认为自己没有错，动机也只是想要回属于他的钱。可是对方家人报警，他成了绑架勒索的通缉犯。

之后我再没能跟他联系上，又很快去了美国，但是十年来每当我看到没有前科、家世良好的年轻人，因为一时糊涂而犯下大错时，都会想起他，想到他刚念一半的大学与暂时被断送的前途。

记住！年轻人，“无心”往往就是一种错误！

刘◇轩◇的◇话

Use your head!

经历“9·11”，再读这篇文章，又是不同的感觉了。现在如果还有人敢在飞机上拿炸弹开玩笑，那不只是“笨”，而是“蠢到爆”！

我小时候住在纽约郊区，环境十分宁静，邻居也彼此认识，入夜后，青少年大多无事可做，仅有的娱乐就是看电影与逛街，学会开车后，则跟朋友出去兜风。无聊一点的青少年，可能会玩些恶作剧，在邻居大门上喷些刮胡泡沫之类的，或是像我朋友肯尼那样，把冲天炮拿到公园里乱射。

纽约市不同。市区有比较严重的治安问题，一般的青少年反而不敢随便拿别人开玩笑——谁知道哪个人被搞毛了会掏出枪来？但这不表示无心的错误不会发生。套句我老朋友雅费(就是《面对抢匪》中提到的那位）常说的话：“Use your head！”（用大脑想嘛！）

收敛光彩

在纽约中城的第五街上，有许多人穿着昂贵的貂皮大衣招摇；在华尔道夫这类大饭店里，有一堆人穿戴得珠光宝气，为什么我们竟连一小条纯金链子，也不准你挂？

三十多年前，当夹在耳垂上的那种耳环刚出现的时候，我听见你奶奶说：“真好啊！用这种耳环就不怕被扯掉耳朵了！”

我不懂，她就为我解说：

“想当年，在上海，有些坏人就站在桥头，当黄包车顺着斜坡快跑而下的时候，伸手抓车上贵妇的耳环，因为那时大家都用穿耳洞的，所以一扯就可能撕掉半个耳垂，等车夫收住脚，坏人早跳下桥跑掉了！”

◎

刚来美国的时候，朋友对我说：“即使是两毛五分钱的硬币，也不能留在车上，否则有人要偷硬币，就会砸烂你的车窗！”

我说：“只不过几毛钱，犯得着砸破那么贵的车窗玻璃吗？”

朋友答：“他哪里会管你！尤其碰到那急着打电动游戏的不良少年，心里只想着硬币，怎可能考虑你要花多少钱修玻璃？”

◎

去年暑假的时候，我在电视上看到一则触目惊心的新闻：就在你每天搭乘的F 号地铁的康尼岛站，两个黑人少年一枪打碎了一个年轻人的脑壳，目的只是抢他身上漂亮的夹克。

◎

由于你在餐桌上抱怨母亲取走了祖母送你的金项链，我不得不说以上这三个真实故事给你听。

你或许会讲：在纽约中城的第五街上，有许多人穿着昂贵的貂皮大衣招摇；在华尔道夫这类大饭店里，有一堆人穿戴得珠光宝气，为什么我们竟连一小条纯金链子，也不准你挂？

那么让我告诉你，在中央公园旁的高级公寓里，可以看见全身戴几十克拉钻石的女人进进出出；在蒂芙尼的橱窗里，可以见到成片的珠宝。至于华府白宫的盛宴及好莱坞明星聚会，更可以说是名牌服饰与珠宝的大展览。你是不是要拿自己的环境跟他们比？如果你也有司机开车到门口，带枪警卫为你拉门，送你上车，当然可以。

问题是：你是一个每天要转四趟地铁与巴士的学生啊！同

一条金项链，在我前面说的那种场合是不值几文的东西，换到你所经过的地方，在某些人的眼里，却可能值你的一条命——如同那两毛五分钱硬币、耳环和夹克，值一大片车窗玻璃、一块血淋淋的肉和一个宝贵的生命一般！

◎

记住，不要以市场价值来衡量东西，而要从环境来考虑，因为同一杯清水，在沙漠与河边，价值是不同的。

避祸，最重要的是不惹祸！不引人犯罪，不诱人垂涎，不招人觊觎！

希望你牢记我的话，知道什么时候应该收敛光彩！

刘◇轩◇的◇话

足下的才是宝

老爸老妈居然把我的金项链没收，但那哪算招摇啊？美国那些嘻哈歌手身上挂的金子比法老王还多，而我只是戴了个小小的十字架。老爸老妈可能多虑了。他们一定不知道那个年代，在纽约，最遭人嫉妒的其实是名牌球鞋，脚上穿着太过名贵的鞋子，反而比戴项链更危险呢！

爱你，不是害你

他半声不吭，用大拇指指甲，在小便池，由下向上刮，居然刮下一层垢，然后往我嘴里一捅。天哪！我想到就要吐！

我刚来美国的时候，在弗吉尼亚遇见一位中国厨师，他是由医院请假出来的，左手腕仍缠着厚厚的绷带，很客气地对我说："听说您代表中国出来做文化工作，按说应该做几道好菜请您品尝，偏偏手受了伤，医生说以后很难拿重的东西了！"

我问他受伤的原因，他说都怪自己不注意，常用一只手端很重的炒菜锅，长时间下来，手腕关节变了形。

当我为他叹息时，他苦笑说，比起另一个中国留学生还好。那个学生到他餐馆打工，他叫学生去端炉上的一个锅子，话还没说完，学生便冲过去把锅端起来，这时才惊觉那锅里竟是滚烫的油，要松手，油必然泼在身上，咬着牙慢慢将锅放下，双手已经被严重灼伤，而且伤到筋骨，几乎废了。

“怎么连热油锅表面不冒热气都不知道？”厨师叹气，“在家里娇生惯养坏了！像是笼里的鸟，放出去自己没办法生活。可是来美国留学，谁能不打工呢？结果什么都不懂，出事的不止他一个啊！父母在家里不教他们做，岂不是害了子女吗？”

◎

最近为我们装修的老板也说，曾有个留学生到他那里打工，他叫学生去拿石膏板，学生歪着身子一次硬抬两块，岂知因为使力的方法不对，半边脊椎受到过大的压力，没多久就软骨突出，无法再干重活。于是改叫他铺地砖，却又铺不久，便旧伤复发，站都站不起来，只好把他辞了。

“据说这毛病会跟他一辈子！”老板说，“怪得了谁呢？人家一次抬四块都成，重要的是用力的方法要对，只怪他以前什么重活都没做过，所以连筋肉该怎么用都不懂，一定是家里宠坏了！”

“父母在家里不教他们做！”“一定是家里宠坏了！”他们责怪的都是受伤者的父母，使我不得不检讨对你的教育方法。这也使我想起二十年前，一件有意思的事：

那时候我们住在一个大杂院里，左邻右舍只是一板相隔，某日右邻夫妻吵架，丈夫吼道：“这是什么菜嘛！怎么连盐都不会放？再不改进，我就跟你离婚！”

这时候便听见左边那家的父亲，对着自己正在念高中的女儿说："学着点吧！要不然老公都保不住！"

那位父亲当时的心情，是不是正如同我此刻的感觉呢？我们对你说"好好念书，家里的事不用你操心"，却可能忽略了一件事——有一天，你也得完全照顾自己，那可能会随着你到大学住校而突然发生。于是前一天还不知道洗碗清洁剂的瓶子怎么开，第二天却连床单都得自己洗，岂不是突然掉入另一个世界而难以适应吗？

最严重的是，你也要出去打工！如果在家什么重活都没做过，锅铲也没碰过，是否会发生我前面说的那种悲剧呢？

于是我不免要反省："爱你，是否反而害了你？"

◎

记得一位家境富裕的高中同学，在服兵役时对我说：

"天哪！我吃过尿！而且是那种结成黄色垢的尿，你能信吗？有一天长官叫我去刷厕所，这种事我从来没碰过，但我还是捏着鼻子刷了。哪知道，长官去检查，他半声不吭，用大拇指指甲，在小便池，由下向上刮，居然刮下一层垢，然后往我嘴里一捅。天哪！我想到就要吐！"

但是他说只怪他自己真不会刷厕所，否则也不会受这种侮辱了！如此说来，假使我要求，从现在开始家里的浴室、抽水马桶，全由你负责刷洗，能算过分吗？

为了你的未来，为了你的安全，我们不能再一直把谷子送到你的嘴边，除非我们永远把你像鸟一样关在笼里。

你当然不希望被关，你当然想飞！

那么，请你学习飞翔、学习觅食、学习工作、学习受苦的日子！

刘◇轩◇的◇话

轮到我担心了……

无论你是“书本聪明”（book smart）或“街头聪明”（street smart）的人，愈能够从经验中学习，愈能够举一反三，就愈能够应付新的挑战。

我认为生活上的教训与历练就像长水痘，早发早好。到了二十来岁，大家会期待你已经有基本的社会常识，不该再犯小孩子会犯的错误了，也相对地会用比较严苛的标准对待你。

写这篇文章时，我老爸似乎很怕我步入社会还懵懵懂懂，怕我遭遇困扰，也怕我太脆弱。现在我已经长大，轮到他担心我妹妹了。妹妹的成长环境更单纯，就读的高中离家只有几分钟路程。最近她因为申请大学而需要到纽约市面试，我带她进城，在定点把她丢下来，再约好在某处会合。

老实说，我等她时，心里也挺焦急，因为她从来不曾自己在曼哈顿行走。

但转念又想：如果她十八岁还不敢在城里跑，那几岁才敢？现在我知道妹妹将在纽约市上大学，很开心，感觉应该类似老爸当年看我上史蒂文森一样。我希望一两年之后，她可以从一个“书本聪明”的小公主，变成一个充满“街头智慧”的纽约客！

五毒聚功散

香港有位男演员，叫周润发，演活了黑社会的“小马哥”，甚至黑社会的人碰到他，都尊称他一声“老大”。

周润发并没有参加黑社会呀！

少年时代，我很爱看武侠小说，尤其喜欢主角被仇家一掌击下悬崖，却侥幸不死，反而发现灵芝仙草的情节。

我为什么喜欢“灵芝仙草”？因为它不但能治疗主角的伤，而且可以瞬间增加一甲子的功力。

但我更记得一本书中提到的“五毒聚功散”。这种药能把人全身的精力集中，一次发挥出来。所以即使平常人服下它，也能跟高手一搏。

看清楚哟，只有一搏。一击之后，就精气耗尽，倒地死亡！偏偏许多武林败类，居然骗愚笨的部属，服下这“五毒聚功散”，再派出去当敢死队。

多神的药啊！多狠的武林败类啊！可是你知道吗？本以为是小说瞎编的东西，现下居然真出现了，而且很容易找到，它就是——毒品！

◎

你不是说吗，有些同学夜里猛K书，一天只睡两三个小时，居然放学之后还有精神去跳舞，是因为吸了“仙丹”！我在中国也听说，有些娱乐场所，为了使在那儿打工的年轻人能加班工作，诱他们服食苯丙胺，果然精神百倍。

那所谓“仙丹”和苯丙胺是什么？

就是现代的“五毒聚功散”！

那些骗年轻人吸毒、食毒的是什么？

就是以前的“武林败类”！

你不是亲眼目睹过吸毒的同学，从厕所里兴奋地冲出来，撞倒一群人，又狂奔而去，难以自制的情况吗？

你也看过他们毒瘾发作时，跟在毒贩后面乞讨的可怜相。

然后他们就渐渐变得龌龊、无耻、现实、孤独、苍白、无助、缩小、消失……

当有一天你们在街角重逢，你认不出他们，只怕他们也不敢认你了！

◎

昨天下午，邻居亨利叔叔对我说，他要搬到外州去，而且是自己向公司请调的。

“一定是调升很高的职位吧？”

“不！是降！”

“那么房子一定很漂亮？”

“不！比现在差！”

“那你为什么还要请调？”我不解地问。

“为了儿子！把他跟原来那群坏朋友拉开！”

◎

当我告诉你这个消息时，你笑说早知道了！还说亨利的儿子曾十分得意地拿毒品请你品尝。但令你不解的是，当他弟弟走过来伸手时，他竟狠狠地给了弟弟一拳，说：“你要是敢碰这东西一下，我就宰了你！”

他自己既然扬扬得意，又介绍给你吃，却为什么不准才小他一岁的弟弟碰呢？

◎

吸毒的人就是这么矛盾。他们一方面希望别人也吸，使他们自己不孤独，一方面又知道吸毒的害处，所以绝不让自己的亲人尝试。说得明白一点：

他们拖人下水，让大家都黑，显得他自己不是独黑；却绝不拖亲人下水，心想：我反正无法脱身了！你们不要再陷进来！

所以你要想想，当有人向你推荐“仙丹”，甚至免费请你吸一口、吃一颗时，那人真是你的朋友吗？

不是！他如果真爱你，应该像亨利儿子捶自己弟弟一样，狠狠给你一拳！

◎

或许你会说：“试一下嘛！就一次，也不致上瘾，这叫体验人生！”

听来似乎有理，但你要知道，站在另一角度观察，常比全身投入看得更清楚。

中国台湾有一位女作家，曾为了写舞女的情节，下海当舞女，我只知道闻风而去的舞客不少，却未见她有什么作品出来，甚至可以说，她消失了！

相反，香港有位男演员，叫周润发，演活了黑社会的“小马哥”，甚至黑社会的人碰到他，都尊称他一声“老大”。

周润发并没有参加黑社会呀！

同样的道理，当你想要了解那是什么感觉时，又真需要冒生命的危险，亲自去“尝试”吗？

◎

许多朋友在听我说不喝酒时，都笑问：“画家、诗人，不喝酒，怎么能有灵感？”

我则反问他们："有些人非借酒不能画、不能写，我却不必喝，就能画不完、写不尽，请问谁的功力高？"

对方总是词穷。

于是当别人怂恿你试一下，告诉你那"仙丹"有多灵时，你也就可以这样答了：

"顶天立地，谁要靠毒品撑腰！

眼明心清，谁会被败类欺骗！"

刘◇轩◇的◇话

瘾头最毒

毒品毒不毒，得看你如何使用它。我觉得毒品之所以会产生这么大的社会问题，在于人们自认为比药物聪明。问题是，不管你的自制力多强，使用毒品前后的理智是不同的；毒品给人的 high 是超越理智的，毒瘾发作时也是无法讲理的。

很多所谓的“毒品”，最初都是“药品”，例如牙医用“氯胺酮”来止痛、癌症患者用吗啡来减轻剧痛、氯胺酮也是美军经常使用的麻醉剂等。不过，任何药品开始被滥用，就成了毒品。

我觉得影响人类最大的三种“药”(drug)，分别是咖啡因、尼古丁和酒精。它们虽然合法，但是如果一个人依赖它们，它们就成了那人的毒品。我老爸虽然不抽烟、不喝酒，但是他每天喝六杯咖啡，连上床睡觉前还要喝一杯，说为了做梦有精神。那不也成了他的毒品吗？

死亡的教训

当我像你这个年岁时，住在一栋小楼里，楼下是一家女子补习班，我下课之后常跟那里的女生聊天。岂知某日有个女生对我说："你知道某人为什么不见了吗？因为你说话伤了她，她说会记你一辈子！"

今天凌晨，我突然接到一个老朋友的电话，她用颤抖的声音说："我的孩子出事了！我需要你帮忙！他骑机车载一个女同学，结果被大卡车撞倒，女孩当场就死了，我儿子也受伤入院，晚上要在学校开善后会议，我现在心全乱了，请你出席帮我说几句话。"

晚上七点，我准时赶到学校，会议室里坐满了人。意外的是，当肇事司机走进去，没有疯狂的叫骂与哭喊，反而是一片低气压的沉寂。

死者的父亲，睁着满布血丝的双眼，盯着桌面，缓缓地说："我今天追究责任，有什么用？孩子已经死了！只记得她生前常对我说：'爸爸！如果我将来有了钱，一定要做些善事。'就请表示些诚意，为她做些功德吧！我们为父母的，也会拿出些钱来，做善事，了却我死去的女儿的心愿……"

◎

虽然他已经不想追究肇事的原因，但由死者同学的口中得知，是两校举行联谊郊游，原本包了游览车，因为女孩非常保守，不太能适应坐在她身边的男生，正巧我那朋友的儿子骑了机车去，女孩便要求载她回家，岂知遇上大卡车转弯擦撞，当场脑浆迸溅，回天乏术。

"女孩子太保守了，我可以做证！"我的朋友终于忍不住哭了出来，"我儿子在医院对我说，她即使坐机车，也不愿抱着我儿子的腰，结果一个紧急闪避，我儿子向右倾，女孩子却倒向了左侧，正好被紧跟在后的大卡车……"

"她即使死了，手还紧紧抓着机车后座的皮带！"死者的母亲喃喃自语。

◎

协调会议出人意料地平和地结束了，但我建议学生对整个事件作一番检讨，在男女交友的活动中，怎样避免因为理念不同，造成心灵的伤害，甚至发生悲剧。

走出校门，外面正下着绵绵秋雨，我站在檐下等车，有个前来开会的学生追出来问我："同学们都非常伤心，事情发生之后，大家也尽了力，又何必麻烦我们，尤其是友校的同学，一再调查整个事件呢？"

"我只知道你正站在这儿跟我讲话，你的女同学却死了，再也不会回来！"我对他严肃地说，"已经牺牲了宝贵的生命，难道还不能多检讨一下吗？我们不想追究当天游览车上是哪个男生坐在她旁边，或说了什么话，做了怎样的举动，但我们总要避免以后再发生这样的悲剧。"

可不是吗？每个人都有他自己的生活态度，只要不明显影响到他人，个人的保守或开放，是无所谓对错的！

只是这看来不明显的影响，却可能造成无可弥补的伤害。

◎

当我像你这个年岁时，住在一栋小楼里，楼下是一家女子补习班，我下课之后常跟那里的女生聊天。岂知某日有个女生对我说："你知道某人为什么不见了吗？因为你说话伤了她，她说会记你一辈子！"

老实说，直到今天，我都想不通讲错了什么话。

但我记得很清楚的，是大学一年级，有一天我对班上一位女同学才说了半句话，她竟突然站起身，哭着冲了出去。后来我才知道，只为我说她有点"三八"。

在我的字典里，“三八”是天真无邪的形容词，以前常跟朋友用这个字眼，岂知对那位保守的女同学而言，却成为一种侮辱。

那时我真是怔住了，才发觉原来每件事，在不同人的心中，有着不同的准绳与定义，我们绝不能单纯地从自己的角度来想别人。

后来读美术心理学，更了解到，同样的色彩，不同人的感受居然也绝不一样。我看来很强的颜色，你看来可能很淡；你画出来让我觉得夸张的东西，对你来说却可能恰到好处。

◎

人与人相处，是多么不易啊！言者无心，听者有意；动者无心，受者多情。如同那游览车上的男生，可能只是无意的半句话，却造成死亡的悲剧！

我永远记得一位自称“游戏人生”的朋友所说的：“游戏并不容易，你先要了解游戏规则，也要确定对方跟你遵守同样的规则，否则就可能闯大祸。”

还有我初到美国时，一位中国教授讲的话：

“朋友聚会，你可以扯得昏天黑地，但有几件事最好不要碰——别谈到种族、性别、宗教、党派，否则必定伤情，凡是难以改变的事实，都少碰为妙！”

希望你在每次高谈阔论的时候，都能想到这些原则！

刘◇轩◇的◇话

黑色事件

每天看新闻，都充满了死亡的教训。像是中国台湾最近就发生了好几件巴士坠山的意外。我只能说，希望每次的悲剧都能够使社会更加注意隐藏的危机，而改善安全措施。

记得我大一那年，波士顿某校园里就发生了新生饮酒过量而丧命的悲剧。从那年起，校方便严格监督这类活动，以至于后来在迎接新生时，兄弟会与姐妹会都会特别小心。悲剧发生了，我们只能够尽量从中学习。

人是为活而生

他是哈佛大学的博士，却在心理医生的要求下，不支薪地每周上两天班，做些小学生也会做的事，目的只是接触人群！

你知道为什么吗？因为他无法接受妻子死去的事实，整个人几乎活在虚幻的世界。

昨天深夜，突然接到台北的长途电话，说你的二姑过世了！死于四十九岁的壮年。

“她去了！什么都没来得及说，她居然就这么去了！”你二姑父在电话那头喊着，像是充满不平、充满疑惑，认为那是不可能发生的事。他是在喊，但没有什么声音；他是不信，但二姑毕竟去了，真真实实地离开了我们，不再回来，永远，永远！

我呆坐着，看见书房一角的你，停止打电脑，挺直着背，没有声音。

便偷偷擦掉眼泪，拨电话给美国的几位亲戚。然后走到画室，与你母亲面对面坐着。

◎

“为什么最近我们有这么多朋友，病的病，死的死？”你母亲终于打破寂静。

我也在想这个问题。先是同事昆兰博士，才四十出头，有一天没上班又未请假，秘书拨电话、按铃，全没回应，警员打开门，才发现他躺在沙发上，早已僵硬多时了。接着是广播界的崔，我回中国前还来电话，邀请我主持节目，等我返美时却已不在人世，从发病到死，不过两三个星期。然后是高中同学，又住对门的林，突然觉得天旋地转，叫救护车送到医院，发现肿瘤已经压迫到视神经，立即动手术，从鼻腔打个洞到脑下垂体。那时我还托你二姑去探病，怎知道，去探望人的二姑，自己竟先辞世了！

◎

记得我在大学时，有一回和长辈聊天，他说：“你知道什么是四十岁吗？四十岁就是每天必须吃维生素，才觉得心安的年岁！”

这句话我一直记在心上。但是今天，当我真正踏入人生的第四十个年头，才发觉四十岁给我最大的感触竟然是：

要学习面对亲友和自己的死亡！

我在痛苦中不禁问：为什么上一代不早点教我们认识“死”呢？

是的！我认为“死”可以教，不是教我们去死，而是教我们如何去面对，以及如何建立死亡的哲学。否则，当亲人一旦离去，我们将难以承受。

◎

你母亲在学校里，专门审核新生入学，她发现有些学生高中几年成绩都好，某一年突然掉下来，往往是遭到家庭变故。其中最主要的，就是亲人的死！

学校办公室里也聘用了一位中国老先生，他是哈佛大学的博士，却在心理医生的要求下，不支薪地每周上两天班，做些小学生也会做的事，目的只是接触人群！

你知道为什么吗？因为他无法接受妻子死去的事实，整个人几乎活在虚幻的世界。

但是我也有个朋友，虽然与妻子鹣鲽情深，太太死后，却好好地挺了过来。因为他才从墓园回家，就把家具扔了出去。壁纸、沙发、寝具，全部换新，自己则经常外出度假。他说：“睹物思人！死的已经死了，哭有什么用？活的人毕竟要活下去！玛莎（他妻子）地下有知，也会希望我能克服痛苦。爱她，是好好活下去，不是跟着死！”

◎

有了这三个例子，加上二姑的去世，我要对你说的是——

过去我有中国父母的老观念，希望你读邻近的大学，甚至将来结婚都住在一块儿。但我现在改了！希望你上远处的大学，以后也别住在一起。

因为孝顺父母，不是黏着家。黏的孩子如同藤蔓，自己站不直，被缠的树也少了自由。最大的问题，是我们多半会早走一步，如果天天生活在一起，家里的每个角落，都有我们的影子，在未来会对你造成更大的打击。

子女爱父母，应该帮助父母完成心愿，免得双方都遗憾。

父母爱子女，应该帮助子女克服死别的痛苦，在父母死后，坚强地活下去。

希望你从年轻时，就建立对死亡的人生观，在心灵上武装起来。并且记住：

人是为活而生，不是为死而生！

即使死神敲门，叫我们明天走，今天也要好好活下去！

刘◇轩◇的◇话

紧握的爱

我们该如何好好度过这辈子，让我们某一天离开时，不至于留下太多遗憾?

文中我老爸提到希望以后不要住在一起，当年他也一心期望我能进外地的大学，而不是住家附近的学校。可是当我妹妹进入离家不过一小时车程的哥伦比亚大学时，他却高兴得不得了。

说穿了，只要爱，就会疼惜，就会舍不得放手。但在关心的同时，如何保留彼此的空间也很重要。尤其是血亲，这辈子注定紧密相连，但有些人容易让自己的情感纠缠不清，有些人则知道适度地放手。父母愈能把握分寸，子女愈会珍惜。

远行的朋友

失意人前，勿谈得意事；得意人前，勿谈失意事。失意时交的朋友，得意时常会失去；得意时得罪的朋友，失意时也难挽回。

今天当你跟亨利出去玩的时候，我特意把你叫进来，叮嘱你不要对他说，我们准备买新房子的事。

你似乎不太苟同地看看我，心不甘、情不愿地点头出去了。

不错！你可能认为我有一点假，既然是真实的事情，为什么不能说，何况亨利又是你那么要好的朋友。

但是你也知道，亨利跟他的父母就要被调往别的国家，对于这一块已经生活了十年的土地，他内心有着多少依恋、无奈与失落，他可能在家对着心情不定的父母说想留下，却换来斥责。他的父母何尝愿意走，心中又有多少矛盾？

况且当我们搬新家的时候，他们已经离开了，那么你对他说又有什么意义呢？表示你的父母有办法？表示你会生活得更体面？抑或表示你比他更得意？

他是你最要好的朋友，你能搬到更好的房子，他应该为你高兴；但是相反，他要到远方去，你是不是也该分担他的怅惘？

此刻你对一个将离去的朋友，说你不但能在美国安居，而且能够更上层楼，对你和他，都没什么好处，只有更增加彼此的距离。

所以，向他说一些你对他前去国家的向往，说我们将去那里看他们，说希望他每年回来玩玩，届时可以住在我们家。并告诉他，你们可以经常通信，并交换资讯，使他能够面对新环境，有更多的憧憬与勇气。

这些，才是你对朋友应该说的。

◎

失意人前，勿谈得意事。因为那只可能加重对方的落寞。所以即使万事顺心，也要故意说些辛苦处给朋友听。

得意人前，勿谈失意事。因为得意人常不能体谅失意者的痛苦。所以即使有许多不如意，也要振作精神。

失意时交的朋友，得意时常会失去，因为他觉得你高升了，不再是他的一伙，他不愿意高攀，也高攀不上。你无心的一言一行，都可能引起他自卑的敏感。

得意时得罪的朋友，失意时也难挽回。因为他觉得你昔日气焰的消失，不是因为你变得谦和，而是因为走投无路，才回头攀老交情。昔日你不认他，他今天也不认你！

在未来的岁月，随着你的成长，将会逐渐了解我这番话的道理。

刘◇轩◇的◇话

失意人前勿谈得意事

“失意人前勿谈得意事”的概念，蕴藏了老祖宗的深层智慧。

我有个很得意的朋友最近也遭遇了类似的情形。他在参加活动时碰到一位失意的朋友，说有信用卡的麻烦，我这朋友认识负责的经理，便自告奋勇地帮忙处理。岂料事后，那失意朋友竟传了一条简讯给他，说:“你的强势让我愈来愈无法靠近你。”

失意人往往有自卑式的敏感。我老爸说得意人常无法体谅失意人的痛苦。但如果反向思考，得意人如虹的气势，遇上了失意人，也会像乌云，有碍气势。

这篇文章让我愈来愈了解东方社会。西方人常认为东方人说话时拐弯抹角，不表现真实情感，甚至觉得这是一种缺陷。他们如果读读这篇文章，应该有所领悟。

第三篇　我们都已改变

有多少父母一直到老，都背负着年轻时留在子女心中的包袱？有多少孩子，早早离开家，在外面历练之后成熟了，父母仍以为他是当年的逆子？

我们都已改变

有多少父母一直到老，都背负着年轻时留在子女心中的包袱？

有多少孩子，早早离开家，在外面历练之后成熟了，父母仍以为他是当年的逆子？

“昨天到儿子家，难得去一次，居然惹了一肚子气。”一位老同学对我说，看我怔在那儿，又补了几句，“我叫孙子唱歌给我听，才唱，我儿子就喊唱错了。错了就错了吧！才八岁的小孩子，又不是参加比赛，何必那么严肃？”

“你没说你儿子吗？”我问。

“当然说了，可是你知道他怎么回吗？”老同学一肚子火，“他居然说我以前就这样教他，他是跟我学的……”

正说呢！老同学的太太打断丈夫的话：

“一点没错！你以前就是这样，你老了！忘了！你是这几年脾气才变好，以前坏透了。”

◎

文坛健笔何凡（夏承楹）过世了，《联合副刊》上登出他儿子夏烈的纪念文《春晖》。说他八年前听一个命相家说如果他不放生乌龟，老父当年就得死。于是每个月买六只乌龟放生，又因为住在美国，政府重视生态平衡，不能随便放生，只好夜里摸黑，辛苦工作一天才买回六只乌龟，却有一只从车房里溜掉，只好在社区里四处找，还要邻居帮忙，后来被朋友们知道原因，把他大大讽刺了一顿。夏烈的解释是：“为了我父亲，所以得破例，这是儒家的孝道。”

多感人哪！而且何凡先生高寿九十多，夏烈想必也六七十了，还能为延长老父的寿命，“摸黑”做这放生之举，更令人佩服。

只是那篇文章的开头，写得十分耐人寻味，好像他们父子的沟通十分有限——我曾回想和他谈过什么话，但是似乎没谈过什么，因为是不同个性的人，处世方式不同，企盼和理想也不同。他知道这种不同——很早就知道了。我是他的独子，他心里有什么话，却也克制自己不多言，因为他是一个有修养的、温和体贴的人。

◎

看卡夫卡的传记。

这个以《变形记》为题，描写一个年轻人早上起来，惊见自己变成巨大的甲虫，而闻名世界的奥地利作家，似乎总在作品里流露出对父亲的怨恨。

卡夫卡甚至写过一本《给父亲的信》，一开头就这么说——亲爱的父亲：您有一回问我为什么总躲着您，和往常一样，我不知怎么回答，原因之一是我对您有一种恐惧，也可能由于我无法解释这种恐惧，所以一旦谈起来就不知怎么开口了……卡夫卡又怨父亲：

只有您的意见才是对的，别人的都是疯狂、古怪、不正常的。同时因为您的自信那么强，所以对您来说，说话根本不必前后一致，总归您是对的……只是，当我读到亚若豪在卡夫卡三十八岁时做的访问时，又发现卡夫卡的父亲实际上是把情感深藏，希望训练儿子有坚毅的个性，在访问中卡夫卡更流露出对父亲的亲爱与敬畏。

◎

也想起最近关于拉丁歌王安立奎的新闻。

安立奎说他的老爸胡立欧没给过他一毛钱，老爸拥有私人专机，但安立奎到哪儿都得自己坐普通舱。当初他到洛杉矶学唱歌，身无分文，幸亏有朋友收留，才免于露宿街头。

更令人惊讶的是，安立奎说他过去七年，只和老爸说过两次话。

不过，在他推出的最新专辑中，主题曲《也许》，却是献给老爸的。

◎

带着女儿在祖国大陆上电视节目。

制作单位很鬼，先对我儿子做了访问录像，再拿同样的题目问我，接着把儿子的画面播出来比较。

“您受谁的影响最大？”主持人先问我。

“太太。”我说。

“您的脾气是急躁，还是温和？”

“温和。”我说。

接着播出儿子的访问。第一个题目他答：“当然是奶奶！”第二个题目，他想都没想就说：“急躁！”

全场观众都笑了起来。

下了节目，女儿嘟着嘴，说：“哥哥真差劲！连那么简单的题目都答错，爸爸当然最受妈妈影响，爸爸当然很温和。”

“别气！别气！其实哥哥没错，因为他十八岁就去上大学了，过去这十三年，你天天在爸爸身边看到的爸爸，跟十三年前，哥哥印象中的爸爸已经不一样了。”我拍拍正发小姐脾气的女儿，“过去这十三年，奶奶老了，话也少了，又死了五年，当然你觉得爸爸受妈妈影响最大，也最听妈妈的话。还有，爸爸待你这小公主当然不能像二十多岁时管哥哥那样。爸爸什么都听你的，天天被你欺负，你当然觉得爸爸温和。”

◎

每个子女都了解父母吗？父母在每个孩子心中的印象都一样吗？

错了！因为每个孩子跟在父母身边的日子不相同，可能有完全不同的感觉。

“老生”的孩子，和一直跟父母同住的子女，见到的是老年的父母。

早早就离家的孩子，则可能只有父母年轻时的印象。

人会变，只是，有多少父母一直到老，都背负着年轻时留在子女心中的包袱？有多少孩子，早早离开家，在外面历练之后成熟了，父母仍以为他是当年的逆子？

是不是每家亲子，都能在“往后的日子”找机会多聚聚？让彼此发现，那“怒目的金刚”，已经成为“低眉的菩萨”？那“火暴的浪子”，已经成为“稳重的绅士”？那深藏在心底的爱，已经被岁月吹去掩在表面的尘沙，终于能够坦然地呈现……

疼疼爸爸妈妈吧！

我母亲在我小时候常常指着家里的锅碗对我说："妈就你这一个孩子，家里好的坏的，每一样都是你的。"接着指指她自己："这个老娘，也是你的。"

二〇〇八年是两岸开放探亲二十周年，有一天我跟几个朋友看电视上播出的探亲专题，报道二十年前，中国台湾的老兵们怎么在身上写着"想家"的大字，走上街头，争取开放回乡探亲。只见一群已经六七十岁，甚至七八十岁的老人，湿着眼眶合唱《母亲你在何方》——"雁阵儿飞来飞去，白云里，经过那万里可曾看仔细？"

看到这儿，坐在我旁边的一位女士突然掩面哭了。"你一定是想你在南部的妈妈了吧？"我问。那女士哭得更严重了，一边抽泣，一边说："我是会想我妈，但是我更想我女儿。"有人问："这首歌是《母亲你在何方》，你为什么反而想女儿呢？"哭的女士说："我是从女儿的角度想，她的妈妈在哪里，我不在她身边，她好可怜。我虽然也会想我妈，但不像想女儿那么伤心。"

人性就是这样，爱是比较往下付出的。妈妈疼爱子女，八成胜过子女爱妈妈。就算子女小时候非常爱妈妈，而且总跟妈妈说："我一辈子最爱的人就是妈妈。"有一天，交了男朋友或女朋友，搞不好没几天，说法就改了。至于有了孩子，那原先对父母的爱，本质虽然没变，表现就更不一样了。因为子女的能力有限，先得全心全意疼爱自己的孩子。

我女儿小时候看卡通片，只要看见男女主角，管他是王子公主，还是美女野兽，只要他们接吻了，我女儿就会说："电影要完了！"没错，你注意，多半的迪斯尼卡通，里面的主角就算是小鹿、花狗、狮子或小丑鱼，到结尾都是找到另一半，接吻，然后结束。有时候，还回马一枪，拍出两位男女主角带了一堆小宝宝。请问，有几个电影会交代美女的爸爸、小丑鱼的爸爸？搞不好，像白雪公主和灰姑娘，那爸爸从头到尾根本不会出现。至于妈妈，常常早死了。说实话，就算妈妈还在，只怕男女主角一接吻，也得闪到一边儿去了。

真实社会不是这样吗？你注意，孩子到外地上学，可能一把鼻涕一把眼泪地离开家，然后天天打电话，在电话里哭。还有些实在太想家，念一半，休学了！我就认识好几个朋友的孩子这样，好说歹说送回学校，甚至妈妈陪着住在学校旁边。突然有一天，孩子不需要妈妈了，搞不好还赶妈妈回家。原因很简单，交了异性朋友！从那天开始，原本黏家的儿子女儿，一下子不再黏了。他去黏另一个人，等着造另一个家。

每个人成长的过程都在妈妈的怀抱与情人的怀抱之间挣扎。每个人一出生，就注定要走向独立，可是又会舍不得爸爸妈妈，甚至舍不得把他带大的爷爷奶奶。而生物的定律，是下一代必须独立，生命必须繁衍，孩子必须有他自己的家，爱他的家，疼他的孩子。

只是，这时候爷爷奶奶、爸爸妈妈怎么办？多余了吗？几年前我应北京一个出版社的邀请，在各地巡回义卖有声书的时候，有位陪同的朋友聊天时说，她女儿很孝顺，现在已经就业了，还是总想到妈妈。又说，这是因为她早早听了一位朋友的话。女儿小时候，有什么好吃的东西，绝不直接交给女儿。就算自己不爱吃、不想吃，也要先放进嘴里，吃两口，再交给女儿。那朋友说得很有道理。她说：多半的父母太疼孩子了，好东西，想都不想就交给孩子。时间久了，孩子觉得好东西就该是他的，父母欠他，不给他就不对。但是当你碰上什么好东西，都自己先吃一口的时候，孩子就算大了，有一天自己买到好吃的东西，可能刚要放进嘴里，突然想到妈妈，问："妈，你要不要先尝尝？"

子女不是不爱爸爸妈妈、爷爷奶奶，他们被呵护带大，当然知道爱。但是他们不一定表现出来，或者，他们不会想到。为什么想不到，只怕又是父母、祖父母“惯”出来的。还有一点，是很多年轻朋友，受了西方影响，认为父母应该自己生活，不能影响下一代的幸福，成为子女的累赘。你没看见吗？美国人常把老人送进养老院，甚至老人自己主动要去，因为美国的社会福利制度，过了六十五岁，就算老人一文不名，政府也会照顾得好好的。

问题是，中国不是美国！中国就算有不错的社会福利，跟美国还是不一样。举个例子，我以前在纽约曼哈顿的剧场排戏，从舞台左边，自己去搬了一张大桌子到右边，剧场的工作人员就抗议了。说这是他们的事，我不能抢他们的工作，而且，演员受伤了怎么办？算剧场意外吗？再举个例子，我母亲住院的时候，我和太太要帮她翻翻身、拍拍背，医院的人都说得由他们来做。这是规矩！跟中国比起来，大陆医院的情况我是不知道，最起码在台湾，有人生病住院，即使家属不陪，也得请特别护士。没错，你如果没人管护士还是得管，只是接屎倒尿、递水送食，能有自己人那么细心吗？只怕还会摆臭脸给病人看。

请不要批评我们的护理人员不如美国的认真，要知道每个地方有每个地方的习惯和规矩，制度不一样，薪水不一样、人力分配不一样，甚至医疗保险不一样。好比中国人以前讲究嫁妆，如果家家有儿有女，媳妇进门有嫁妆，女儿出阁陪嫁妆，大家照习俗一来一往，也就扯平了。如果哪一家不照这规矩来，则会造成不平。

同样的道理，中国父母、祖父母对孩子的照顾是美国人能比的吗？孩子既然受到中国式的照顾，当然就该尽中国的孝道。今天的年轻人常常不够孝顺父母，怪不得有好多中年人会怨，他们这一代最可怜，对上一代老人得尽旧社会的孝，下一代子女却不孝顺自己。想想，这样确实不公平啊！尤其在一胎政策下，一家就一个孩子。以前兄弟姐妹多，大家还能轮着尽孝，或全推给有钱有闲的手足，现在就你一个，推给谁？如同我母亲在我小时候常常指着家里的锅碗对我说："妈就你这一个孩子，家里好的坏的，每一样都是你的。"接着指指她自己："这个老娘，也是你的。"

各位年轻朋友，回头想想在你成长的过程中，受到父母、祖父母多少呵护，你是怎么长大的？你会不会因为被爱得太多了，使你根本忘记他们有一天也会老，他们也需要你的疼爱？而且，这是中国，中国人有中国人的规矩、中国人的孝道，有中华民族的美德。

最后，回到开头那个新闻专题。其中有一个画面是已经中年的子女，带着年迈的老人家回故乡，说小时候爸爸教孩子唱故乡的儿歌，现在，他们回头教爸爸唱那些儿歌。因为爸爸老了！爸爸失智！爸爸忘了！

骂他 · 打他 · 爱他

爱他，就要教育他、拯救他，用最快的速度、最大的力量，甚至最激烈的手段和言语，把他拉到安全的地方。

不知是因为打网球太用力，还是因为提的箱子太重，最近手肘老疼。

起初只是隐隐作痛，后来竟连刷牙、拧毛巾也不方便了。尤其凌晨四五点、凉意重的时候，总由梦中痛醒。

“某医院的复健科有位名医，女的，可以去看看。”朋友说，又一瞪眼，“不过你小心，她很凶，会骂人。”

果然是名医，由诊疗室门口的人潮就看得出。从门缝里看她，真的面带寒霜，令我有点紧张。

总算叫到我，进去坐下。

“什么问题？”她翻病历，我才要答，她却突然站了起来，绕过我冲出门去，拉着刚走出去的一位中年妇人，匆匆忙忙地，像是“急口令”似的叮嘱了几句话，再转身跑进来。

坐下来，还直摇头，像是刚打完孩子，回到柜台上的老板娘。

“听说您是名医，朋友都叫我来您这里看。”我献上两句好话，看她脸色稍缓，又说，“但是听说您很凶。”

她怔了一下，护士小姐赶紧接过话：“不是凶，是认真。”

◎

果然神妙，没两下就诊断出来了——“肌腱炎。先打一针，再做复健。”

“打针？”看她擦酒精，我问，“是不是可的松？”

“是。”她拿针对准我的手肘，“不过你放心，药用得好，只会治病；用不好，盐巴也能毒死人。”

“是的，是的。”我发现她注射一点也不痛，又问，“是不是就可以打网球了？”

她眼一瞪：“不行。”指着地说，“想想，你的地要是破了，我给你补水泥，水泥没干，你能踩吗？”说着写了一张小纸条给我，“下个星期再来，我一看就知道你有没有听话。”

“是的，是的。”我一边道谢，一边提起箱子往外走，都要出门了，她突然站起身冲过来，把我的箱子抢过去，掂一掂，说：“这么重，怪不得手出毛病，以后用背包。”

“我已经换左手提了。”我赶紧解释。

“你左手也会出问题！”她瞪我一眼，“不准再提了，抱着！”

走出诊疗室，我突然有一种感觉，刚才看的不是医师，是妈妈。她怎么说话跟我妈妈一样呢！

◎

不过我的老母已经很久不曾这样对我说话了。尤其她八十五岁之后，非但不像以前的妈妈，反而变成了我的“女儿”。

去超级市场，哪样东西不适合她吃，她就专挑哪一样。她自己推购物车，里面堆满她只要吃一点点就会引发胆囊炎的油炸零食。

每次妻带她去买菜回来，都进门先告状：

“老娘又不乖了，结账的时候，我一包包抢下来，她就对四周人喊‘你们看哪！我媳妇不准我买’，我只好不跟她抢了……”

这时只好由我当“恶人”，到老娘的房间检查，把不适合她吃的零食没收。

她固然知道我为她好，还是会故作生气地骂我，甚至看我把东西抱出门去，仍在后面喊：

“你呀！以为你快，其实我更快，我早把东西藏起来了！”

所以，我觉得老人简直就是小孩儿，不但顽皮，而且叛逆。

◎

提到孩子，美国人是很少体罚孩子的。

可是有一次我到海边公园去，看到一个四五岁的孩子往码头的栏杆上爬，他的母亲追过去，把孩子拉下来狠狠地揍。

“不要打了！”我劝她，“这个国家不是不主张体罚吗？”

那妇人居然笑了，转头对我说：“这不是体罚，是救命。要他以后再也不敢爬这危险的栏杆。”

想起三十年前的一件有意思的事——

一位朋友对我抱怨：“今天我遇到拦路的土匪了！”

“在哪里？”我急着问。

“在桥下，我才骑着脚踏车下桥，从旁边黑影里就蹿出一个人，穿着一身黑衣服，把我一把抓住……”

“你被抢了什么？有没有受伤？”我急着问。

“当然没受伤，那人不是土匪，是牧师，他是拉我去听布道大会。”

偏偏那是一位我认识的牧师。有一天遇到，我就提起某人的抱怨，说：“你要拉他去听道，也不必那么急呀！会把人吓到的。”

“我怎能不急？”牧师居然理直气壮地说，“我是要救他啊！早一天听福音，就早一天得救。”

爱他，就要教育他、拯救他，用最快的速度、最大的力量，甚至最激烈的手段和言语，把他拉到安全的地方。对孩子、对父母、对学生、对病人，这都是当然的。

这个星期，我又去看那位复健科的女医师。

“我的小孩儿也看你的书。”她笑着对我说。

“真的啊？”我也笑笑，“那么你可以回去对孩子说，刘墉还蛮乖的，所以能痊愈得这么快。”

秀一下

我开始为人打抱不平，到别班去理论，更亲自执法，处罚不够意思的“哥们儿”。我用竹筒和弹簧做成袖箭，用汽水瓶盖剪成飞镖，甚至把家里的水果刀，也放进了书包。

小时候，我很文静，家教又严，所以不要说是跟同学打架，连争吵都极少发生。

但是有一次，我被打得鼻青脸肿的回家，而且不是被一个人打，是被一群同学攻击，连女生都踢了我，只因我戴了一顶特别的帽子。

那是你爷爷留下来的，西伯利亚人常戴的那种厚呢帽。说它特别，倒不是因为戴着它看起来像土匪，而是因为当我把帽子往下一拉，就能将整个脸罩住。

就那么奇怪，当我把帽子拉下，立刻有同学过来挑衅，认为我变成了蒙面的江洋大盗，或飞来飞去的飞贼，而我居然也一下子觉得神勇无比，似乎能刀枪不入。

于是我在一群同学的包围下，被打得浑身是伤，再也不敢戴那顶帽子。

◎

初中一年级，家里失火，帽子烧了，却引来另一样东西。那是邻居在我们家被烧得精光时，送给我的一条裤子——喇叭裤。

不知邻居是从什么地方弄来那么“正点”的喇叭裤，穿起来连鞋子都遮在宽大的裤管里，近大腿的地方，则又瘦又窄。

于是小学的帽子事件重演了，当我穿着那条裤子走进校门，立刻引来一片惊异的目光，似乎说：“嗬！胆子不小，拽起来了，敢情一场大火没烧死，反倒浴火重生，脱胎换骨变了个人！”

◎

我果然变了个人，不是自己想变，是同学要我变。

我开始为人打抱不平，到别班去理论，更亲自执法，处罚不够意思的“哥们儿”。我用竹筒和弹簧做成袖箭，用汽水瓶盖剪成飞镖，甚至把家里的水果刀，也放进了书包。

直到有一天，自己的腿上挂了彩。

◎

痛定思痛，是什么原因，使我从一个斯文保守的好学生，突然变成小太保？是我自己？是同学？还是那条喇叭裤？

三十年了，我一再发现，这世上使我们改变的，常是周遭的人；而周遭的人对我们改变态度，常因为我们自己的改变。

一个保守的女明星，偶然穿上袒胸的衣服，记者就说她由纯情走向成熟性感的路线，那女明星也可能真因此改变戏路。

一位男士帮心爱的女友买了辆“拉风”的跑车，接着便发现女友有事没事开车出去兜风，并招蜂引蝶地惹来许多麻烦，两人因此闹翻。

这要怪谁？其实谁也不必怪，因为没有那样的心情，不会追求那样的装扮；既然如此打扮，人们就要以你的扮相来看待你！

◎

这也使我想起前两年回大陆，一位亲戚笑指着他邻居的门说：“那家人正在伤心呢！以前每天都把大门敞开，音响震耳，表示他们新买了彩色电视，没想到昨天不知被谁扔石头，砸了！谁叫他‘爱现’哪！”

听这许多，你应该知道我说故事的原因了吧！你想买件新潮的夹克，并保证不会穿出去惹事，我则认为：

一种东西，可能引来百种心态，造成你的变化，也改变别人的观感。

你不去惹人，别人却可能来找你呀！

秘密

秘密的另外一个意思，是“避觅”——避免去寻觅。

每个人都有好奇心，但对有些事可以好奇，有些事却不该好奇。对学术是知道的愈多愈好，对别人的秘密是晓得的愈少愈佳。对学问，应该用各种方法去假设、探讨、求证；对私事，不但不能去挖，甚至别人主动向你诉说时，也应该避免知道。

因为今天对方很可能一时冲动地希望你分享他的秘密，明天冷静下来，又后悔告诉你。今天他能够信任你，明天会不会怀疑你呢？

◎

于是你知道了一分秘密，也就负了一分保密的责任；他告诉你一分秘密，也就对你多了一分顾虑。一旦秘密走漏，你总脱不了泄密之嫌；如果那秘密涉及违法的事，你更变成知情不报。从任何角度看，知道别人的秘密都没好处。

◎

从前有个人半夜醒来，正听见隔壁人商量造反的事，这人赶紧倒头打鼾、流涎满面，装成熟睡的样子，才算免掉被灭口的杀身之祸。

又据《史记》记载，燕太子丹找田光先生谈图谋秦国的事，田光告辞时，太子丹送到门口，并叮嘱他说：“我们所谈的事，请千万别讲出去。”

田光回去之后居然自刎而死，以免除太子丹的疑虑。

◎

由这两件事，更可知心藏秘密，足以招致杀身之祸。所以，聪明人不把自己的秘密说给别人听，也不听他人的秘密，更不传布秘密、探寻秘密。而秘密的另外一个意思，是“避觅”——避免去寻觅。

防火

无知常是灾害的起点。

人人都怕火灾，但有多少人懂得防火呢？

住高楼的人，往往把通向防火梯的铁门打开，以为这样空气比较流通，失火时便于逃生。岂知整栋大楼的防火梯，很可能就因为一扇门没关，而失去救生的效用。发生火警时，烈焰和浓烟由那扇门冲出，可以将梯上的人活活熏死。

◎

发现屋里失火，许多人更急着开窗放出浓烟，岂知原本因氧气不足而无法燃烧的气体，就因为氧气的流入而爆炸，结果原本不大的火势，在瞬间蔓延得无法收拾。

◎

最可恨的，是许多建筑工人先在天花板上装防火警铃，再为天花板喷刷“装饰壁材”，结果壁材渗入或掩盖了防火警铃，使高价装置的警铃系统失效。

◎

以上三者，都不是有心危害大众，而是由于无知。无知常是灾害的起点。

有感于此，我们怎能不加强防火教育？

认清敌人

战胜敌人的第一步，是认清敌人。

即使在被伤害的时刻，也当看个清楚。

“如果你被蛇咬了，第一件要做的是什么事？”

“当然是检查伤口，防止毒液的扩散。”

“错了！你应该看清楚咬你的是什么蛇，如果无法将它一举击毙，就得记住那蛇的特征，这是当你被蛇‘咬到的瞬间’就应当注意的。”

“为什么？既然已经被咬了，还管它是什么蛇。”

“如果它不是毒蛇，你却当毒蛇来急救，不是多此一举吗？假使它真是毒蛇，你更得知道是哪一种，才能对症治疗，找到适当的血清啊！”

◎

所以，如果遇上强盗，自知无力抵抗，就应当暗暗记下对方的面貌，以便事后指认；在战斗中遇到强劲的敌手，则当记下对方的特性，以便日后研究。

战胜敌人的第一步，是认清敌人。即使在被伤害的时刻，也当看个清楚。

花粉热

克服敏感这个毛病，心理也是非常重要的，如果你的心先敏感，心理的敏感就更严重了。

美国的春天，总有许多人会患花粉热的毛病。这种病，顾名思义，是由于人体对花粉敏感造成，症状包括打喷嚏、流鼻涕、眼睛痒、喉咙痛及精神不振，可以说集感冒的各种不适于一身。

◎

当我被花粉热困扰得不能工作时，有位朋友对我说了个故事：

有位牧师患了花粉热，而他主要是对玫瑰花的花粉敏感，未料某日他上台讲道，台角居然放了两盆玫瑰花，牧师的敏感立刻被引发了，只见鼻涕直流，喷嚏不断。勉强结束了证道，牧师很不悦地把执事找来责问：“你明知道我对玫瑰敏感，为什么还放两盆玫瑰在台上呢？”

执事苦笑道：“我就是因为知道您对玫瑰花敏感，所以才特别放了两盆塑胶的假玫瑰，岂知您对假花也敏感呢？”

◎

“由此可知，克服敏感这个毛病，心理也是非常重要的，如果你的心先敏感，生理的敏感就更严重了。”朋友说，“放松自己，忘记敏感，专心工作，花粉热的症状常会减轻。”

避雷针

愈是高的建筑，愈需要避雷针；愈是成功的人，愈需要精神的寄托。

你注意过避雷针吗？

那只是一根长长的针，安置在高耸的楼顶或塔尖，由于它会徐徐放电，所以能避免雷击的危险。

你知道每个人都当准备一支避雷针吗？那可能只是一种嗜好或消遣，使你在怒气高涨时，能够得到平息。

◎

运用小小的避雷针把危险的电缓缓放掉吧！运用精神的寄托，把危险的愤懑慢慢化解吧！

而且你要记住：愈是高的建筑，愈需要避雷针；愈是成功的人，愈需要精神的寄托。

刘墉给孩子的成长寄语

好东西与好朋友分享，好日子与好伙伴共度。

平时少开口，偶然开口，开口成金。

这是个理性的时代，我们要以理服人。这也是应该懂得自制的时代，个人的自由不能影响别人的自由。这更是个人权的时代，大人小孩都是人，要以人的平等来对待他。

想要健康，请全面摄取营养，不能挑食；想要聪明，请全面学习，不能偏废。

每个人应该先了解自己的才能在哪里，来选择学习的东西。选对了，可以事半功倍；选错了，则可能勤苦而难成。

不要以为你是哈佛、北大或牛津、剑桥毕业的，就一定比别人强，你能进那些大学，而且平平安安出来，虽然可以证明你很会读书、智商很高，但是“智商”不等于“情商”，很可能到了人生地不熟的地方，你的适应力远不如那些连中学都没混毕业的孩子。

所谓“温故而知新”，“知新”是新学，吸收新的东西，“温故”是不遗忘。怎么不遗忘？就是你要常常从脑袋里掏出来想想，你要在心里念着“自己不能白学，忘了等于白学”。

如果每个人都能在自己心里设个栅栏，自己告诉自己，我必须完成每天固定的工作，才走出栅栏，这种锲而不舍的态度，绝对能使你成功。

当别人没空做，你有空做，别人不能坚持，你能坚持，别人会妥协，你不妥协，别人觉得辛苦，你却乐在其中的时候，成功的当然是你。

年轻朋友能不改变读书的观念，还认为只要由好学校毕业，抢到个铁饭碗的工作，就可以一辈子不愁吃喝了吗？我可以肯定地说，任何人如果抱持这种想法，一定会被淘汰。

我们的新新人类做“世界人”，对世界各国的文化都要有谅解、有宽容，平等对待他们。因为当我们为他们打开一扇门，也等于为自己打开一扇门。

自由、进取、不合则去、活蹦乱跳的是美国精神，忠诚、死干、按部就班的是日本精神。不过这两个都不错。

尊重别人隐私是基本道德，譬如进门之前先敲门，如果门开着，则要先出声或放重脚步。当别人正写日记或上网写信聊天的时候，就算要说话，也站远一点，或站到看不见计算机屏幕的那一边。

记忆不等于学问，聪明不等于智能，知识不等于见识，智商不等于情商，成绩不等于成功。

这是个不等人的时代，机会稍纵即逝。你必须随时准备好行囊，只要听见机会敲你的门，立刻提起行囊，跟他走！

专业要靠磨炼跟经验的累积，人生需要不断自我充实与实践。

说话时，使听众注意力集中，是一门学问。听话时，集中注意力于说话者，更是一门学问。

失意人前，勿谈得意事；得意人前，勿谈失意事。失意时交的朋友，得意时常会失去；得意时得罪的朋友，失意时也难挽回。

对已知的环境，作进一步想；对未知的环境，作退一步想。前进固然可喜，后退也未必可悲。

在前进时要知道自制，免得只能进而不能退；后退时则要知道自保，使得退却重整之后，能够再向前行！

“现在的成功”是重要的，而“现在”马上便成为“过去”，下一刻又得有下一刻的成功。

上帝给每个人的时间都一样，但是每个人使用的效果却不相同。如果你没有崇高的理想，就不能战胜自己的惰性；无法战胜惰性，就很难把握时间。

忧患意识能使涣散的人心振作起来，使淡忘的记忆清晰起来，使迟钝的感觉敏锐起来。

每个人心中都应该有这么一个堡垒。在人生的战场上，他们可以一站一站地败退，但是到那最后的堡垒时，就算下面仍有退路，也要坚决与那堡垒共存亡。

一个完美的人生，不见得要有最多的掌声，也不见得要赚最多的钱，或有最了不得的成就。最重要的，是你的心灵世界必须丰富！

如果参加考试的人都拜同一个神，到底神会保佑谁呢？当然，应会保佑那个比较用功的。“天助自助者”，上天帮助那些“先能自己帮助自己的人”，就是这个道理啊！

我们会在挫折中长大，而不一定在成功中长大。因为成功常使我们自满，挫折却使我们知道“自己不如人”。

成长是学习取舍，成熟是知道取舍。

创意常常是表现你独特的观点，那是一种创造。每个艺术创作都是“创造”，不是“拷贝”。

这世上每个人都可以做朋友，每个人都有优缺点。你的短处可能正是别人的长处；别人的短处，又正好是你擅长的，于是彼此帮助，更能成功。

用明天成功的快乐，去疗治你昨天失败的伤痛。而别把昨天失败的伤痛，带到今天，造成你明天再一次的失败！

如果你发现别人不够尊重你，如果你希望别人与你合作的时候能够特别认真……你要做的第一件事，就是先尊重自己，自己先特别认真。

胜利不是迎接就会来到的，必须付出血汗的代价，才能获得。

万变的道理不过是个“零”字，大动的终结不过是个“静”字，最广的境界不过是个“心”字。

我们的不满与自卑，常是经过比较产生的。

别人愈是信任我们，我们愈当守信，以获得更多的信赖；别人愈是赞美我们，我们愈当自我反省，以创造更高的成就。

只知大胆，而不小心，是有勇无谋；只知小心，却不大胆，常难有创造。两者兼备，才能成功。

人总是有得愈多，愈不知把握；见得愈多，忘得愈多；愈富有，愈不知足。

外界的宁静容易，心灵的宁静困难。

我们不能逃避现实，更不能等待机会，而应该创造优势；别想不做不错，而要想不做不对。

昧于实际，惑于表面，而去取失当，这是人们常犯的毛病。

我们学习时，在“是什么”之后，总应该深一步想“为什么”。

学问要装在脑子里，而不是塞在书架上。

爱就像河流，是“下行”而不“上行”的。因为生命的河不能回头。爱也像薪火，是一块引燃一块的。延续的是火，消失的是柴。

同一件事，当你换个角度想，能有完全不同的感觉。怨恨与感恩、沮丧与欣喜，常常只在一念之间。